로크미디어가
유혹하는
재미있는 세상

우리 교황님 좀
말려 주세요

우리 교황님 좀 말려주세요 11

2023년 7월 10일 초판 1쇄 인쇄
2023년 7월 13일 초판 1쇄 발행

지은이 판미손
발행인 김정수 강준규

기획 이기헌 왕소현 임동관 박경무 강민구 조익현
책임편집 주현진
마케팅지원 이원선

발행처 (주)로크미디어
출판등록 2003년 3월 24일
주소 서울시 마포구 마포대로 45 일진빌딩 6층
Tel (02)3273-5135 Fax (02)3273-5134
홈페이지 rokmedia.com E-mail rokmedia@empas.com

ⓒ 판미손, 2022

값 9,000원

ISBN 979-11-408-0811-3 (11권)
ISBN 979-11-408-0095-7 04810 (세트)

ROK
MEDIA
로크미디어

우리 교황님 좀 말려 주세요

판미손 퓨전 판타지 장편소설 11

Contents

새로운 국면 (2)   7

발단   21

참을 만큼 참았어   59

초심 되찾기   97

폭탄 처리반   135

타오르다   173

불경한 전쟁   211

개전   251

미친개한테 물리면?   289

새로운 국면 (2)

일반인을 각성자로 만들어 주겠다.

이것만큼 일반인들을 자극시키고 흥분시키는 말은 없을 것이다.

이능이 최고인 세상.

그런 세상 속에서 각성자가 된다는 건, 일반인으로 지내는 것보다 훨씬 많은 것을 할 수 있게 된다는 말과 동일했다.

당연히 그 무엇보다 달콤한 말이었다.

"저희는 각성자가 되기를 원하는 일반 신도들 중 일부를 추첨하여 신성 계열 플레이어로 각성시킬 수 있습니다. 아마 리멘 교단도 비슷한 능력을 지니고 있을 겁니다. 안 그런가 요, 김시우 교황님?"

대교구장은 나를 바라보며 희미하게 미소를 지었다.

웃으면서 말하고 있지만 저 말은 사실상 우리 교단을 비난하는 말이나 다름없었다.

그녀의 말대로 우리에게도 일반인을 각성시키는 능력이 있다.

세례.

그러나 세례는 쿨타임이 있는 능력이였고, 현재로서는 한 번에 최대 5백 명까지만 가능하다.

그런데 그걸 이 녀석들은 지금 쿨타임 없이 사용할 수 있으며, 그걸 공유해 주겠다고 하고 있었다.

"그렇습니다."

공식적인 자리니까 일단 존대를 해 주기로 했다.

내가 긍정하자 대교구장은 웃으면서 계속 칼을 찔러 넣는다.

"그 능력을 이곳에 계시는 다른 분들께도 공유해 드리면 어떨까, 그렇게 생각합니다."

순식간에 나만 좋은 걸 챙겨 먹는 나쁜 놈이 되어 버렸다.

나는 슬쩍 회의 참석자들을 둘러보았다.

그레이스는 이미 알고 있었던 사실이지만, 나머지 둘은 살짝 섭섭한 눈치였다.

그럴 수밖에 없겠지.

인력난에 시달리고 있을 테니까.

"변명하는 건 아닙니다만, 저희 교단도 항상 가능한 건 아닙니다. 일정 주기마다 가능하고, 숫자도 제한되어 있습니다."

대교구장은 처음부터 우리 관계를 이간질하려고 뛰어든 거다.

속에 능구렁이가 수천 마리는 있는 것 같다.

나에게 호의적인 이들을 자기편으로 끌어들이려는 속셈이 훤히 들여다보였다.

그건 아마 다른 사람들도 알고 있을 것이다.

하지만 저들이 제시한 당근은 그들에게 있어서 너무나도 달콤한 것이었다.

인력난을 해결할 수 있는 엄청난 당근.

"……그게 가능합니까?"

서 목사가 살짝 찡그린 표정으로 대교구장에게 물었고, 대교구장은 곧바로 고개를 끄덕였다.

"저희는 여러분들을 속일 생각이 없습니다. 그리고 저희 백명교 역시 리멘 교단처럼 일정 주기마다 각성을 시킬 수 있으나, 한 번에 각성시킬 수 있는 인원이 아주 넉넉한 편입니다. 그 티오를 여러분들에게 분배해 드리고자 합니다."

인간의 가장 중요한 감정을 건드리는 대교구장.

욕심.

종교인이라고 해서 욕심에서 초탈할 수 있을까?

이 자리에 모인 대표들 개개인은 욕심만을 추구할 만한 사람들은 아니다.

하지만 결국 이들도 누군가의 지시를 받아 이곳에 모인 사람들이다.

종교의 교세를 키울 수 있는데 그것을 거부할 수뇌부가 도대체 몇이나 될까?

현실적으로는 신도가 있어야 종교가 유지될 수 있는 법이거든.

"답변을 오늘 이 자리에서 주실 필요는 없습니다. 회의가 끝난 후, 각자 돌아가셔서 상의를 충분히 가지신 다음 연락 주시면 됩니다. 기한은 2주 정도면 충분할까요?"

회의장의 분위기를 완전히 가져가 버리는 대교구장.

나는 그녀의 말을 끝까지 귀에 담았다. 그리고 마침내 그녀의 이야기가 끝났을 때, 나지막한 목소리로 물었다.

"꿍꿍이가 뭡니까?"

"무슨 말씀을 하시는 건가요, 김시우 교황님."

"어떤 방식으로 신성 계열 플레이어로 각성시키는 건지도 설명해 줘야 할 거 아닙니까."

내 질문에 대교구장은 여전히 웃는 얼굴로 대답했다.

"신성력을 통해 일반인들에게 잠재된 가능성을 깨우는 일입니다."

"누구의 신성력으로?"

"물론 저희 백명교의 신성력입니다. 저희가 모시는 신께서는 인류의 가능성을 높이 사십니다."

고대 신의 신성력으로 일반인에게 신성력을 강제로 개화시킨다라.

나는 말도 안 되는 일이라고 생각한다.

그 자리에 다른 신앙의 신성력이 자라날 수는 있을까?

"말도 안 되는 소리."

나는 책상을 내리치면서 화를 냈고, 대교구장은 여전히 웃으면서 답했다.

"가능합니다. 김시우 교황님께서 의심하시는 건 당연합니다만…… 저희는 어디까지나 공생하기 위하여 이런 제안을 드리는 겁니다. 만약 이 제안이 싫으시다면, 거절하셔도 좋습니다. 한때 대한민국을 어지럽혔던 일에 대한 사죄의 표시로 드리는 제안입니다."

과연 이곳에 모인 이들 중에서 저 제안을 거절할 사람들이 몇이나 될까?

나조차도 확신할 수 없었다.

이 모든 모습을 지켜보고 있던 유선호 장관이 눈을 지그시 감으면서 침음성을 흘렸다.

그리고 나를 바라보며 말했다.

"김시우 교황님, 다른 분들의 선택을 막을 수는 없을 것 같습니다."

유선호 장관도 백명교가 어떤 놈들인지 잘 알고 있다.

하지만 이런 상황에서 정부는 중립을 지켜야만 한다.

자칫하면 다른 종교들까지 합세해서 우리 교단을 집중적으로 공격하게 되는 명분이 될 수도 있으니까.

이 자리는 지극히 정치적인 자리였다.

동시에 지극히 불쾌한 자리였다.

저들은 우리의 기반을 조금씩 갉아먹으면서 안쪽으로 밀고 들어오고 있었다.

우리가 처음 대한민국에 스며들었던 방법을 그대로 벤치마킹한 듯한 움직임이었다.

나는 대교구장과 시선을 마주했다.

그녀의 붉은색 눈동자가 반짝거렸다.

"선택을 하는 것은 저분들의 몫입니다, 김시우 교황님. 그동안 리멘 교단 혼자서 많은 특혜를 누려 왔다는 사실을 부정하실 순 없을 테지요."

이 녀석들은 인간에 대해 너무나도 잘 이해하고 있다.

……차라리 마왕 놈들처럼 아무 생각 없이 살육에 미쳐 날뛰는 것이 훨씬 상대하기 쉬웠을 텐데.

입맛이 썼다.

"대교구장님."

그때, 유선호 장관이 부드러운 목소리로 입을 열었다.

"특혜가 아닙니다. 그들은 지금까지 대한민국을 위해 희생해 왔고, 평화를 위해 싸워 왔습니다. 대한민국의 그 누구도 그 가치를 폄하할 수는 없습니다. 그러니 특혜를 누렸다고는 생각하지 말아 주십시오."

"정부의 공식적인 입장으로 받아들여도 될까요, 유선호 장관님?"

"허허, 오늘 은퇴하는 사람에게 너무 어려운 질문을 하시는 것 같습니다만은."

유선호 장관은 천천히 자리에서 일어났다.

그리고 자신의 넥타이를 고치며 말했다.

"정부의 공식 입장으로 받아들이셔도 됩니다. 어려운 시기에 대한민국을 도와 이 자리까지 올 수 있게 해 준 분들에게 너무 과한 말씀을 하고 계십니다, 대교구장."

항상 웃고 있던 노인의 얼굴에 분노가 깃들었다.

노인은 대교구장을 내려다보면서 말했다.

"존중이 필요하면, 먼저 존중을 보여야 합니다. 이 늙은이가 당신에게 말해 줄 수 있는 것은 오직 그뿐입니다. 리멘 교단은 그동안 정부를, 그리고 대한민국을 존중해 왔습니다. 그들을 함부로 폄하하지 마십시오."

그렇게 말을 끝낸 유선호 장관은 나와 다른 대표들을 바라보며 말했다.

"다른 의견 있으신 분 계십니까?"

숙연해지는 장 내부.

그 침묵을 확인한 유선호 장관이 힘겹게 고개를 끄덕였다.

."그럼, 제 공직자 인생 마지막 회의는 이만 마치도록 하겠습니다. 그동안 감사했습니다, 여러분."

유선호 장관은 우리를 향해 허리를 숙여 인사를 건넸다.

그리고 천천히 회의실 밖으로 나갔다.

나는 노인의 등을 바라보면서 피식 미소를 지었다. 오늘따라 유선호 장관의 등이 넓어 보였다.

⚜

회의가 끝난 후.

나는 성지로 돌아와서 곧바로 신목으로 향했다.

푸르른 신목을 앞에 둔 채로 뒷짐을 지고 있는 한 노인.

검은색 양복이 더할 나위 없이 잘 어울리는 그 노인은 다름 아닌 유선호 장관이었다.

"장관님."

"아, 오셨습니까. 신목은 날이 가면 갈수록 커지는 것 같습니다. 항상 아름답다는 걸 빼면은 매번 달라지는군요."

그는 뒷짐을 진 채로 신목을 바라보고 있었다.

거대한 나무를 바라보는 노년의 신사.

그 모습이 제법 잘 어울렸다.

나는 유선호 장관을 향해 살며시 미소를 지었다.

"아까 회의실에서는 감사했습니다."

"별말씀을. 속에서 천 가지 말이 들끓어 올랐던 걸 고르고 골라서 내뱉은 말입니다. 아마 오늘이 은퇴하는 날이 아니었으면 못 했을 겁니다."

"백명교에서 따지면요?"

"그건 이제 제 후임자가 알아서 할 일이지요, 하하!"

"무책임하신 걸 보면 딱 리멘 교단에 적합한 인재신데요."

"자리 있습니까?"

"라파르트 대주교와 함께 일하시죠. 지난번에 보니 두 분이서 호흡 잘 맞으시던데요."

"같이 늙어 가는 친구가 있으면 행복한 법이지요."

우리는 그렇게 가볍게 농담을 주고받았다.

귀환한 당시, 이 사람이랑 친해진 이후로는 이런 농담을 자주 주고받고는 했다.

철혈의 정치인.

정권이 바뀌었음에도 연임했을 만큼 능력 있는 사람이기도 했고, 동시에 내가 신뢰할 만한 사람이기도 했다.

그런 사람이 장관직에서 물러난다고 하니까 괜히 섭섭할 따름이다.

나는 그의 옆에 나란히 섰다.

"후임자는 누가 됩니까?"

"아직까지 내정된 바가 없습니다. 아마도 후임자가 결정되기까지는 아주 오랜 시간이 걸릴 것 같습니다."

"중요한 자리니까요."

"그렇습니다."

이능관리부 장관이란 자리는 핵심 요직이기도 하다.

그 누구도 쉽게 가져갈 수는 없겠지.

"정부에서는 최대한 다양한 수단을 동원하여 백명교를 감시하고자 합니다. 정치적으로 부담은 좀 있겠지만, 명분은 충분합니다. 그들은 전과가 있기 때문입니다."

정부에도 정부 나름대로의 대책이 있을 것이다.

서 대통령이 그렇게 쉽게 넘어갈 사람은 아니거든.

"그래도 디멘션 오프닝 이후, 참 힘든 시간들을 달려왔습니다. 그 레이스 말미에 교황님께서 나타나지 않으셨다면…… 참 힘들었을 것 같습니다. 상상도 하기 싫군요."

노인은 잠시 눈을 감는다.

유능한 정치인, 관료로 살아온 지난 나날들.

하지만 나는 그가 은퇴하기 아깝다는 생각이 든다.

나이를 무색하게 만드는 왕성한 행동력과 여전히 열정을 간직한 저 두 눈.

이렇게 은퇴하기에는 다소 아까운 사람이 아닐까?

마음만 같아서는 우리 교단으로 정말 데려오고 싶지만, 아직은 그런 시기가 아니다.

"서 대통령님과는 이미 이야기가 다 끝난 사안일까요?"

"그렇습니다. 가장 먼저 대통령님께 장관직을 내려놓겠다 말씀드렸습니다."

"뭐라고 하시던가요?"

"의외로 쉽게 수긍하시더군요. 은퇴는 받아 주셨지만, 대신 다른 걸 저에게 제안하셨습니다."

"천천히 걸으시면서 말씀 나누시죠."

"예."

나는 그와 함께 천천히 정원을 걷기 시작했다.

성지 밖은 이미 거의 여름이라 더운 바람이 가득했지만, 성지 내부에는 선선한 바람이 흐른다.

"그 다른 제안이 뭐죠?"

"대통령께서 차기 대선 후보에 관한 말씀을 저한테 하셨습니다. 여당 후보가 될 생각이 없냐고. 과분한 제안이지요."

정치인들의 종착지이자 정점이 무슨 자릴까?

아마 많은 사람들이 대통령이라고 대답할 것이다. 나 역시 마찬가지였다.

나는 넌지시 유선호 장관에게 물었다.

"받아들이셨습니까?"

"……생각할 시간을 좀 달라고 말씀드렸습니다."

"단칼에 거절하시지 않은 걸 보면, 내심 생각이 좀 있으셨나 보네요?"

"역시, 교황님 앞에서는 뭘 숨길 수가 없군요."

유선호 장관이 차기 대통령이라…….

나야 뭐 좋지.

친한 사람이 대통령이 되면 이야기 조금은 더 수월할 테니까.

"그럼 제가 조금 더 노력을 해야겠습니다."

나는 웃으면서 고개를 끄덕였다.

"무슨 노력을 하시려는 겁니까?"

"장관님께서 대통령이 되시려면 적어도 대한민국은 존재해야죠. 안 그래요? 대한민국이 없어지면 차기 대통령이고 뭐고 없잖아요."

"허허, 맞는 말씀이십니다."

"제가 조금 더 노력을 해 보죠. 걱정하지 마세요. 전임 대통령 출신을 고용하는 게 지금부터 제 소원이니까요."

지금까지 나와 교단에 익숙했던 환경들이 빠르게 변화하고 있었다.

이 변화의 끝에서는 무엇이 우리를 기다리고 있을까?

솔직히 거기까지는 잘 모르겠다.

일단 지금을 헤쳐 나가고, 가까운 미래를 준비하는 것이 내 역할일 뿐.

나는 나를 향해 손짓하는 페어리들에게 가볍게 손을 흔들어 주었다. 그리고 다시 유선호 장관에게 말했다.

"그동안 감사했습니다."

"저야말로."

"대선까지는 꽤 남은 것 같은데, 그 전까지는 뭐 하고 지내실 겁니까?"

"고향에 가서 잠시 낚시나 좀 즐기면서 생각을 정리하고자 합니다. 디멘션 오프닝 이후로 낚시를 못 해 봤습니다."

"낚시 좋죠."

"언제 한번 고향으로 초대하겠습니다."

"왜 이렇게 저를 초대하고 싶은 분들이 많으실까? 뭐, 유선호 장관님 초대라면 꼭 가야죠. 남도 아닌데. 안 그렇습니까?"

"종교인이랑 정치인이 가까이 지내면 말이 많이 나옵니다."

"지금도 이미 많이 나오고 있으니까 괜찮습니다."

그렇게 나는 유선호 장관과 이런저런 이야기를 주고받으면서 한참 동안 정원을 걸었다.

많은 것이 뒤바뀌고 있었다.

정말, 많은 것이.

발단

"리멘 교단의 선지자가 되기로 결심하신 것, 진심으로 환영합니다!"

"다들 박수!"

"환영합니다, 강주원 형제님!"

"환영합니다!"

짝짝짝.

이능관리부 긴급대응팀 소속의 요원, 강주원 씨는 결국 우리 교단에 합류했다.

우리 교단의 세 번째 선지자, 강주원 씨의 환영식은 곧바로 열렸다.

성지의 신목 아래에서 내가 직접 축복을 내려 주었고, 그는 기꺼이 우리 교단을 위해 헌신할 것을 약속했다.

"제 동생을 낫게 해 주신 리멘님을 위해서라면, 무엇이든지 할 수 있습니다. 앞으로 잘 부탁드립니다!"

이제 나는 그에게 말을 편하게 하기로 했다.

나는 그를 '주원이'라고 부르기로 했고, 그는 나를 '교황님'이나 '성하'라는 호칭으로 부르기로 했다.

말 편하게 놔도 된다는데도 끝까지 예의를 지키겠다더라.

라파르트 대주교가 그 점을 굉장히 높이 샀다.

"이로써 승우, 시연이에 이은 세 번째 선지자까지 교단에 합류하게 되었군요."

"그럼 이 오빠가 시연이 사제야?"

"사제?"

"응! 그레이스 언니가 가르쳐 줬어."

그 사제가 그 사제였구나.

나는 천천히 고개를 끄덕였다.

"그런 셈이라고 볼 수 있지?"

"그럼 시연이가 잘 가르쳐 줘야겠네?"

"음, 이런 경우에는 경력직 신입이니까 그럴 필요는 없을 것 같아, 시연아."

"경력직 신입? 음…… 그렇구나."

주원 씨는 이미 한번 각성을 했던 사람이다.

이능관리부 소속으로 꽤 많은 전장에서 활약했기 때문에

전투에 대해서 교육할 건 크게 없었다.

대신 그 역시 다른 교육생들이 받는 교육은 동일하게 받아야만 한다.

나는 시연이의 머리를 쓰다듬으면서 주원이에게 말했다.

"주원아, 곧 3기 교육생 모집이 완료될 거야. 본격적인 교육이 시작되면, 너 역시 그들과 함께 교육받아야 해. 전투 감각에 대해서는 의심하지 않지만, 교리를 비롯하여 성직자로서의 기본 소양은 교육받아야 하잖아?"

"물론입니다!"

"3기 교육생의 대표는 너다. 그 점, 유의하고."

3기 교육생들의 교육과정에 큰 변화가 하나 생겼다.

1, 2기 교육생들의 교육과정에선 실전 교육 비율이 좀 적은 편이었다.

던전이나 게이트를 입찰받아야 하는 번거로움도 있었고, 우리 교단이 그것들을 독점할 수도 없었기 때문이다.

물론 2기 교육생들은 그나마 잃어버린 땅 덕분에 빠르게 성장할 수 있었지만 말이지.

앞선 두 기수에 비해 3기 교육생들은 더욱 양질의 교육을 제공받을 것이다.

중국 내전에서 경험을 쌓은 선배들이 그들을 이끌어 줄 것이며, 한국, 일본, 중국, 이 세 곳의 던전과 게이트에 모두 참여할 수 있었다.

오로지 리멘 교단의 일원들에게만 허용된 특혜.

나는 그 모든 혜택을 이용해서 3기 교육생들을 키워 낼 것이다.

"내가 없어도 교단이 잘 돌아갈 수 있게."

최악의 상황.

내가 무너지더라도, 교단은 무너지지 않을 수 있게.

항상 최악의 상황에 대비하는 것이야말로 내가 교단의 식구들을 위해 해야만 하는 일이다.

내가 나지막하게 중얼거린 말을 들은 걸까?

뒤에 있던 루나가 한숨을 내쉬면서 말했다.

"성하가 없으면 저희가 있을까요?"

"무슨 소리야?"

"제가 항상 말씀드렸죠. 저는 성하보다 반드시 먼저 죽을 거라고. 그러니까 그런 소리 하지도 마세요. 짜증 나게 아침부터 재수 없는 소리를 하고 있어!"

"레벤톤 경."

"예예, 죄송합니다."

요새 들어 라파르트 대주교도 별로 무서워하지 않는 루나.

확실히 라파르트 대주교의 분위기가 근래에 들어 굉장히 유해진 건 맞지.

그래서일까?

퍼어어어어억.

"끄윽."

라파르트 대주교가 시원하게 루나의 등짝을 후려쳤고, 루나가 애써 신음을 참았다.

……아프겠다.

"교황 성하께 항상 예의를 차리라 하지 않았습니까? 내 말이 우습게 들립니까?"

"……노인네, 요새 연애하더니 아주 그냥 전성기 완력을 되찾으셨어."

"다 들립니다."

"들으라고 하는 소립니다. 으휴, 이거 솔로인 사람은 서러워서 살겠냐고! 안 그러냐, 레오야?"

"저는 아무런 말도 하지 않겠습니다."

루나보다 레오가 더 현명하다는 건 얼추 증명된 것 같다.

라파르트 대주교는 루나를 한번 째려본 다음, 나를 향해 정중히 고개를 숙였다.

"잠시 교육을 시키고 오겠습니다."

"아직 회의 시간이잖아요, 라파르트 대주교님. 회의 시간을 엄수……."

"허락합니다. 이곳은 대한민국. 장유유서의 정신이 살아 있는 곳이죠."

"감사합니다."

라파르트 대주교는 곧바로 루나를 끌고 집무실에서 나갔고.

"성하아아아아아—!"

루나는 나를 향해 처절하게 소리쳤다.

저들이 향하는 곳은 신전의 지하실.

아마도 루나는 라파르트 대주교에게 예의범절을 다시 주입받게 될 것이다.

이런 우리 교단의 분위기가 당황스러웠던 걸까?

주원이가 불안한 눈빛으로 그 장면을 지켜보고 있었고, 나는 그런 주원이의 어깨에 팔을 두르면서 말했다.

"처음이라서 그래, 금방 익숙해질 거야."

"그렇겠죠?"

"그럼."

너도 곧 저 사람들과 비슷하게 될…… 거라는 건 욕같이 느껴지려나?

장담하건대 진짜 주원이도 우리와 비슷하게 동화될 것이다.

단지 시간문제일 뿐이지.

나는 만족스럽게 고개를 끄덕이면서 주원이의 등을 두드려 주었다.

그리고 레오를 바라보면서 말했다.

"3기 교육생 선발은 다 끝났지?"

"예, 성하."

"그러면 바로 다음 주부터 교육 시작한다고 전달해. 조교로 활동할 인원들한테도 미리 전달해 놓고."

"알겠습니다."

미래를 위해서 다시 성실하게 육성을 시작할 때다.

나는 고개를 끄덕인 다음 창문 밖을 바라보았다.

⁂

3기 교육생들의 소집 하루 전.

나는 아침에 일어나자마자 안 좋은 소식을 전해 들었다.

-죄송합니다, 김시우 교황님.

-저희도 어쩔 수 없을 것 같습니다.

그것은 바로 개신교와 불교가 백명교의 제안을 받아들였다는 소식이다.

이해가 안 가는 건 아니었다.

대한민국에서 우리 교단이 대세가 된 이후, 기성종교들의 입지는 엄청나게 좁아졌으니까.

어떻게 보면 우리 교단이 신성 계열 플레이어들 대부분을 독식하면서 벌어진 일이라고도 할 수 있었다.

나에게 미안한 목소리로 전화를 거는 그들에게 괜찮다고 말하는 것도 고역이었다.

아마 그들도 우리만큼이나 인력이 다급했을 것이다.

한국, 일본, 중국에서 동시에 인력을 당겨 오는 우리 교단과는 다르게 그들은 한국에서만 인력을 수급할 수밖에 없었을 터였다.

가톨릭은 어떻게 되었냐고?

당연히 가톨릭은 우리 편을 들었다.

그들과 우리 리멘 교단은 사실상 전략적 동맹 관계.

그들은 여전히 유럽 쪽에서 강세를 보이고 있는 종교기도 했고. 실제로 유럽에선 대부분의 신성 계열 플레이어들이 가톨릭을 선택하고 있는 상황이었다.

"아마 여러 가지 정치적인 이유도 포함되어 있을 겁니다. 확실한 기반을 지니고 있으니, 비교적 본인들의 교세가 약한 지역을 넘기면서 리멘 교단과의 협력을 강화하는 걸지도 모릅니다."

"모든 걸 정치적으로 해석하시는 걸 수도 있습니다; 대통령님."

"덩치가 커지면 정치적인 걸 배제하기가 더 힘들죠. 김시우 교황님께서도 아시지 않습니까?"

이곳은 세종시에 위치한 정부 청사.

나는 대통령의 집무실에서 서신우 대통령과 이야기를 나

누고 있었다.

"백명교가 기성종교들과 힘을 합쳐서 리멘 교단을 압박하기 시작한다면…… 조금 답답한 상황이 연출될지도 모르겠습니다."

서신우 대통령은 국화차를 마신 다음, 고개를 끄덕이면서 말했다.

나는 그 말에 한숨을 푹 내쉬었다.

"여태까지 사이다만 시원하게 들이켰으니까요. 고구마를 먹을 때도 되긴 했어요."

"고구마를 싫어하는 성격이시잖습니까?"

"고구마를 좋아하는 사람들이 어디 있겠어요? 비 온 뒤에 땅이 굳는 법입니다. 더욱 기반을 단단하게 다질 수 있는 기회라고 생각하려구요."

그렇게 말하며 씁쓸하게 미소를 지었다.

오늘 내가 이곳에 온 이유는 그동안의 일을 상의하려는 것도 있었지만, 다른 이유도 존재했다.

그 이유는 바로…….

"김 실장을 통해서 S-3 게이트에 대한 건 보고받으셨을 거라 생각합니다."

"예, 보고받았습니다."

"특이한 게이트입니다. 지금까지 학계에 보고된 적도 없는 형태이고…… 심각한 수준의 위협입니다."

어제 이능관리부에서 탐지에 성공한 S-3 게이트였다.

초대형 S급 게이트.

국가를 위기로 몰아넣을 수 있는 게이트가 감지된 것이다.

"생성 지역은 개성 전초기지에서 동쪽으로 30km 떨어진 지점입니다. 초대형, S급인 것 말고는 아무것도 밝혀진 게 없습니다."

"이런 게이트는 오랜만 아닙니까?"

"그렇습니다. 극히 이례적인 일이지요."

지금도 서 대통령의 표정이 심각하기는 했지만, 옛날만큼 심각해 보이지는 않았다.

조금은 여유가 있는 듯한 표정.

그도 그럴 수밖에 없는 게, 현재 대한민국의 이레귤러는 두 명이다.

게이트에 무너지기에는 너무 강해졌다는 소리다.

게다가 예전에 비해 정부의 권한도 강력하다.

"리멘 교단은 정부의 협조 요청에 응하겠습니다."

위기 상황 발생 시 대한민국에 존재하는 모든 각성자들을 소집할 수 있는 권한.

전각련이 있을 때는 힘들었던 일이지만, 지금은 문제가 없었다.

"감사합니다."

"오늘 이곳에 저를 부르신 이유도…… 백명교의 소집 때문이죠?"

"그들도 분명히 도움은 될 겁니다. 신성력을 사용하는 플레이어니까요. 저 역시 개인적으로 유감이 있으나, 그들이 대한민국 각성자들의 피해를 줄여 줄 수 있다면…… 그들도 소집하는 것이 제 역할입니다."

나에게 따로 통보를 하지 않고 소집했어도 법적으로는 문제가 없었을 것이다.

대한민국 정부가 대한민국의 각성자들을 소집하는 건 당연한 거니까.

그럼에도 서 대통령이 이런 자리를 마련해 준 건, 그만큼 우리 교단을 생각해 주고 있다는 제스처를 보낸 거다.

나는 서 대통령의 말에 고개를 끄덕일 수밖에 없었다.

"정부의 입장은 충분히 이해합니다."

"작전구역은 최대한 겹치지 않도록 배정하겠습니다."

"그래 주신다면 감사하겠습니다."

백명교와 같은 전장에 선다.

이것만큼 껄끄러운 것도 없었다.

전장은 애초에 수많은 변수가 존재하는 곳. 백명교가 전장에서 뭔가 꿍꿍이를 꾸밀 가능성을 완전히 배제하기는 힘들다.

나는 천천히 고개를 끄덕였다.

"리멘 교단의 입장을 다시 한번 말씀드리자면, 백명교는 여전히 리멘 교단의 적입니다."

본능적으로 느낄 수 있었다.

백명교와의 직접적인 충돌이 그리 머지않았다.

녀석들이 과연 우리 교단에 재정비할 시간을 내줄까?

그들에게 있어서 이번 S급 게이트야말로 장난질을 칠 최적의 공간일지도 모른다.

"하아."

국화차를 한 모금 마셨다.

기분 탓일까?

오늘따라 차가 굉장히 쓴 것 같다.

⚜

그로부터 2일 후.

3기 교육생들의 입소식은 성공적으로 이루어졌다.

총 1천 명에 다다르는 인원들이 입소하였고, 그들은 곧바로 교단의 훈련 시설에서 훈련을 시작했다.

이럴 때를 대비해서 미리 훈련 시설들을 확충해 두었다.

그 덕을 좀 봤다.

1천 명 규모의 인원이 입소하는 대규모의 입소식이었으나, 기자들을 비롯한 언론의 관심은 모두 초대형 S급 게이트에 쏠렸다.

그리고 그건 우리 역시 마찬가지였다.

"형님."

"어, 자현아."

"오랜만에 뵙습니다."

이곳은 한창 준비가 계속되고 있는 개성 전초기지.

미리 와서 병력을 점검하고 있던 내게 자현이가 반갑에 인사를 건네 왔다.

"잘 지내셨죠, 형님?"

"그럭저럭. 너는?"

"저도 마찬가지죠, 뭐. 정부 소속 각성자들 교육시키랴, 몬스터들 잡고 다니랴. 정신없습니다."

"이레귤러가 그런 거지."

"형님이 하실 일까지 제가 하는 것 같지 않습니까?"

"그게 정부 소속 이레귤러가 해야 할 일이야. 꼬우면 너도 우리 교단으로 이적하든가."

"……흠흠."

죽어도 내 밑에 있기는 싫다는 거구먼.

내 말에 자현이는 주위를 둘러보았다. 그리고 재빠르게 말을 돌렸다.

"저거, 백명교 놈들 아닙니까?"

"맞아."

저 멀리서 전투를 준비하고 있는 백명교의 전투원들.

자현이는 녀석들을 바라보면서 어깨를 으쓱였다.

"느낌이 어떠세요?"

"느낌은 갑자기 왜?"

"형님 직감이 제 직감보다 정확하잖습니까. 거의 예지 수준이니까 물어보는 거죠."

그 질문에 나는 잠시 멈춰서 그들을 바라보았다. 그리고 나지막한 목소리로 말했다.

"불길해."

"형님이 불길하다고 말할 정도면……."

"……뭔가 일이 생길 것 같다."

동쪽 하늘 너머로 검은색 먹구름이 소용돌이치듯 빨려 들어가고 있었다.

나는 작게 숨을 뱉어 냈다.

"돌아가는 분위기를 보아하니 게이트가 크긴 큰 것 같습니다. 솔직히 잘 체감은 안 됩니다."

"네가 돌아오고 나서는 처음으로 마주하는 S급 게이트라서 그럴걸. 게다가 초대형 S급 게이트라는 거, 전 세계를 놓고 따져 봐도 흔한 일이 아니야."

자현이는 자신의 천마검을 꺼낸 채로 슬쩍 고개를 끄덕였다.

"도시에 출현하지 않은 게 어디예요? 저런 게 서울에 출현했다면…… 상상도 하기 싫습니다. 안 그렇습니까, 형님?"

"오래간만에 맞는 말 하네."

게이트 자체는 크게 걱정되지 않는다.

저 너머에서 어떤 놈이 넘어오든 처리할 자신이 있었다.

지금 대한민국 전력으로 저걸 못 막는 게 더 이상한 정도
니까.

나는 미간을 찌푸리면서 백명교의 전투원들을 바라보았
다.

"기성종교도 저쪽에 합류해 있네."

서 목사를 포함한 개신교 쪽의 각성자들과, 법운 스님을
포함한 불교의 각성자들까지.

그들은 백명교 쪽에 합류해 있었다.

그 모습을 본 자현이가 어깨를 으쓱이며 말했다.

"리멘 교단에 대항하는 공동 전선 같습니다. 그런데 저기
두 분, 형님이랑 친하신 분들 아니었어요?"

"개인의 의견과 집단의 의견이 같을 순 없는 법이잖아."

"그렇긴 하죠."

"일단 할 일에 집중하자고."

정부의 배려 덕분에 우리 교단이 담당하는 전선과 저들이
담당하는 전선은 정반대였다.

이번 게이트 토벌 작전의 핵심은 포위 섬멸이었다.

동, 서, 남, 북으로 전력을 분할하여 전방위적으로 게이트
를 압박해 들어간다.

그 상태에서 이레귤러 둘을 투입하여 게이트의 코어를 파괴하면서 완벽하게 게이트를 제압.

　이 정도가 플랜 A라고 할 수 있는 계획이었다.

　최악의 상황을 대비한 플랜 B도 있었지만, 상황이 그렇게 흘러가진 않았으면 한다.

　"형님."

　자현이는 저 멀리의 먹구름을 다시 바라보면서 말했다.

　"여전히 불길하다고 생각하십니까?"

　"어."

　"……그 말을 들으니 저도 살짝 불안한 것 같은데요. 저 게이트에서 조금씩 이상한 게 느껴집니다."

　자현이의 말대로였다.

　우우우웅ㅡ.

　생성되기까지 얼마 남지 않아서일까?

　지금까지 희뿌연 상태였던 불안감이 실제가 되어 다가오기 시작했다.

　하늘에서 거대한 마력이 소용돌이친다.

　그 소용돌이는 마치 태풍처럼 주위의 모든 것들을 빨아들이고 있었다.

　단순히 마력뿐만이 아니었다.

　그 사이에서 잠시나마 격이 느껴졌던 것 같다.

　"자현아."

나는 자현이의 이름을 넌지시 불렀다. 그러자 자현이가 다시 나를 돌아보며 답했다.

"예, 형님."

"긴장하자. 생각보다 쉽지 않을 수도 있겠다."

불길한 예감은 언제나 정확하게 들어맞는다.

그건 아마 이번 경우에도 마찬가지일 것이다.

우리가 중국 내전 이후로 충분히 쉬기는 했었지.

거대한 마력 반응이 인근 상공에서 감지되기 시작합니다.
해당 지역의 인과율이 크게 뒤틀립니다.
이계의 존재들이 접근하는 것이 확인되었습니다.
지구의 고대 신들이 이곳을 주시하고 있습니다.

아니나 다를까, 시스템이 계속 경고 메시지를 보내온다.

저것은 아마 테라가 직접 나에게 보내는 경고일 것이다.

그냥 대놓고 솔직하게 말해 주면 더 편할 텐데 말이지.

"형님, 그러면 이따가 뵙겠습니다. 무슨 일 있으면 곧바로 무전기를 통해 연락을 드리겠습니다."

자현이와 정부 소속의 각성자들이 맡은 구역은 게이트의 북쪽.

나는 자현이의 등을 가볍게 두드렸다.

"그래, 이따가 보자."

"예."

그렇게 자현이가 나에게서 멀어지고, 곧 내 슈트에 내장된 무전기를 통해서 서 대통령의 목소리가 울려 퍼졌다.

－대한민국의 서신우 대통령입니다. 게이트 토벌 작전에 참가해 주신 여러분들께 다시 한번 감사드립니다. 현 시간부로 토벌 작전을 시작합니다. 현장의 지휘권은 국방부 소속의 강채아 각성자에게 넘깁니다.

－강채아입니다. 지휘권 인계 확인하였습니다. 지금부터 작전을 시작하겠습니다. 사전에 협의된 지역으로 이동해 주십시오.

강채아가 대통령으로부터 지휘권을 인계받는 것을 시작으로, 본격적인 토벌 작전이 시작되었다.

나는 전투를 준비 중인 우리 교단의 병력을 향해 다가가면서 말했다.

"오늘 목표는 다들 크게 다치지 않는 거다. 최대한 동료들을 믿고, 최대한 변수를 제거해 가면서 전투를 진행할 수 있도록."

그러자 성기사들과 사제들이 큰 목소리로 답했다.

"예!"

"예!"

기합이 바짝 들어간 우리 교단의 병력.

그들의 얼굴에서는 두려움이라고는 찾아볼 수 없었다.

오히려 중국에서 싸웠을 때보다 훨씬 비장하고 동기부여

가 잘되어 있는 듯한 모습이었다.

역시, 다른 나라에서 싸우는 것보다는 조국에서 싸우는 게 훨씬 동기부여가 잘되지.

게다가 2기 교육생들 사이에 섞여 있는 일본인들도 한국인들만큼이나 비장했다.

……제2의 조국, 뭐 그런 걸까?

"레오, 루나."

"예, 성하."

"너희가 알아서 판단해서 지휘해. 나는 전투 도중에 코어를 부수러 가야 하니까, 알겠지?"

"염려 마세요, 성하."

좋아, 확실하게 해 둬야 할 건 다 끝낸 것 같고.

"움직이자."

"예!"

이제 남은 건 전투에서 승리하는 것뿐이다.

그렇게 마지막 전투준비를 확인한 나는 곧바로 병력을 이끌고 게이트의 동쪽을 향해 이동했다.

❧

우리가 게이트의 동쪽에 도착했을 때, 게이트가 드디어 모습을 드러내기 시작했다.

그런데 게이트의 모양새가 이상했다.

마치 여러 색의 물감들이 마구잡이로 번진 듯한 모습.

몬스터들이 넘어와야 할 '문'이 난잡하게 오염되어 있는 것만 같았다.

여태까지 적지 않은 숫자의 게이트를 봤지만, 저렇게 기이하게 생긴 게이트는 또 처음이다.

"저건 또 무슨 혼종이냐?"

게이트에선 보통 마력이나 마기가 느껴지기 마련이다.

그리고 저 게이트에서도 분명히 마력과 마기가 느껴진다.

하지만 그 외에도 셀 수 없이 많은 기운들이 느껴진다.

신성력은 물론이거니와, 내가 생전 처음 마주하는 기운들까지. 뭔가 이상해도 너무 이상했다.

게이트에서 심각한 왜곡이 감지되고 있습니다!
경고! 해당 게이트는 다양한 차원계와 연결되어 있습니다.
해당 지역에 위치한 모든 플레이어들에게 퀘스트가 주어집니다!

[귀향]
● 종류: 메인 – 시나리오
● 설명: 게이트에서 심각한 오류가 감지되었습니다. 해당 게이트는 너무나도 많은 차원과 링크되어 있습니다. 빠르게 게이트를 처리하지 못할 경우, 해당 지역 일대에 심각한 차원 간섭 현상이 발생하게 될 것입니다. 만약 그렇게 될 경우 지구에 심각한 위협이 도래하게 됩니다. 게이트를 반드시 막아내십시오.
● 완료 조건: 해당 게이트의 소멸
● 보상: ???

우리 교황님 좀
말려 주세요

다급한 기색이 역력해 보이는 퀘스트창.

이 퀘스트창은 설명대로 나에게만 뜬 게 아닌지, 우리 병력도 살짝 웅성거렸다.

그리고 그때, 내 귓가에 테라의 목소리가 울려 퍼졌다.

"교황, 잘 들어라. 그 게이트, 고대 신들이 간섭하면서 일그러진 거야. 고대 신들이 각자 다른 차원에서 힘을 회복했다는 거 알고 있지?"

하긴, 이런 짓을 할 놈들이라고는 고대 신들밖에 없지.

나는 주먹을 가볍게 움켜쥐면서 테라의 설명을 머릿속에 담았다.

"녀석들이 퍼져 있던 차원과 동시에 링크되고 있다. 지금 당장 그 게이트의 코어를 박살 내. 녀석들이 귀향하는 걸 막아야 한다."

"못 막으면?"

"다양한 차원 출신의 괴물들을 신선한 상태로 맛보고 싶으면 그렇게 하든가."

"리멘이었으면 친절하게 알려 줬을 텐데."

그 말에는 따로 대답하지 않는 테라.

우우우우우웅—!

곧 게이트에서 더욱 많은 기운들이 발산되기 시작했다.

게이트를 물들이는 형형색색의 빛.

그 다양한 색깔만큼이나 다양하게 생긴 괴물들이 천천히 그 안에서 모습을 드러내기 시작했다.

끼에에에엑.

꺄아아악.

끼기기기기기긱.

언데드, 이종족 그리고 그 밖의 처음 보는 괴물들까지.

심지어 로봇으로 보이는 적들까지 빠른 속도로 모습을 드러내기 시작했다.

그 모습을 본 내 개인적인 소감평은 다음과 같았다.

"오늘따라 짬뽕이 땡긴다."

족히 잡아도 수백 종의 몬스터.

게다가 그 몬스터 중 대부분이 지구의 인류는 물론이며, 나에게까지 생소한 몬스터들처럼 보였다.

공략법이 없는 적.

난생처음 마주하는 적.

그런 적들만큼 위협적인 건 없다. 특히, 저렇게 위험한 기운을 마구잡이로 뿜어내는 적들은 더욱 그렇다.

나는 온몸에서 신성력을 끌어올리며 테라에게 물었다.

"백명교와 관련이 있을 확률은?"

그러자 테라가 단호하게 대답했다.

"네가 더 잘 알고 있잖아."

"100%라는 소리를 뭘 그렇게 어렵게 해?"

"인류의 배반자들을 조심해라, 교황. 그들은 네가 생각하는 것보다 훨씬 미쳐 있다. 아주 오래전부터 준비를 해 온 녀석들 이야. 정화자라는 대안을 네가 직접 제거해 버린 이상, 이 비극 은 오롯이 너 혼자서 감당해야 할 거다. 그럼 건투를 빌지. 나는 나대로 해야 할 게 있어서 말이야."

테라의 목소리는 그것으로 끝.

이제 온전히 인간들의 시간이었다.

"레오야, 잠시 이리 와 봐라."

내 부름에 뒤에 있던 레오가 빠르게 다가왔다.

"말씀하십시오, 성하."

"일단 처음 보는 적들이 많으니까 파악을-."

그때였다.

위이이이잉-.

콰아아아아아앙!

게이트에서 튀어나온 기계 같은 놈 하나가 이쪽을 향해 거대한 광선을 쏘아 보냈고, 나는 재빠르게 신성 결계를 생성하면서 그 공격을 방어해 냈다.

순간적으로 신성 결계가 흔들릴 정도의 파괴력.

라파엘의 광자포까지는 아니지만, 절대로 무시해서는 안 되는 위력이었다.

"판타지에, SF에. 그냥 섞일 대로 다 섞였다."

그 로봇 뒤로 언데드를 비롯한 망자의 군대들이 뛰쳐나왔다.

언데드들은 적이건 아군이건 가릴 것 없이 공격하기 시작한다.

비단 언데드뿐만이 아니다.

"……개판이네."

게이트에서 튀어나온 몬스터들은 동족이 아닌 대상을 모두 적으로 간주하며 전투를 벌이기 시작했다.

진짜 저것보다 '개판'이라는 표현이 잘 어울릴 수가 있으려나?

"성기사들을 중심으로 방어 대형을 펼치고, 사제들이 뒤에서 신성 결계를 전개한다!"

루나는 철퇴를 꺼내 들면서 빠르게 지시를 내렸다.

그리고 곧 나를 바라보면서 말했다.

"지키고 있겠습니다!"

"백명교를 조심해라. 녀석들이 장난을 치기 딱 좋은 전장이야."

"그럼 우리 쪽에서 먼저 장난을 치는 건 어떨까요? 제가 또 그런 쪽으로 전문이긴 한데."

"그건 일단 나중에."

콰우우우우우!

꺄아아아아악!

하늘에서 용과 비슷하게 생긴 몬스터가 거칠게 포효했으며, 그에 질세라 가고일과 하피 들이 큰 소리로 울부짖는다.

전장은 이미 통제할 수 없다.

게이트에서 넘어온 혼돈들은 걷잡을 수 없는 속도로 사방으로 확산하고 있다.

나는 게이트의 중심을 바라보았다.

모든 빛이 뭉치는 중심.

검은색의 원.

그 원에는 형용할 수 없는 무언가가 자리 잡고 있었다.

무언가 그 안에 깃들어 있으나, 그 무엇도 알아차릴 수 없는 존재.

마치 한 치 앞도 분간할 수 없는 안개를 마주하는 기분이었다.

그 안에 코어가 있을 것이라는 짐작만 할 수 있을 뿐.

"후우."

나는 가볍게 숨을 뱉어 내면서 몸을 움직였다. 그리고 끝을 알 수 없는 혼돈에, 기꺼이 내 몸을 내던졌다.

✤

이 전장은 내가 그동안 경험했던 그 어떤 전장보다도 혼란스러웠고, 갈피를 잡을 수가 없었다.

"이래서 장르가 섞이면 망하는 건가?"

콰지지직.

퍼어어어어어엉–!

나는 오른손으로는 데스 나이트의 두개골을, 왼손으로는 어떤 로봇의 상체를 일그러뜨리면서 앞으로 나아갔다.

먹구름으로 물든 하늘은 폭죽놀이처럼 다양한 색으로 물든 지 오래다.

비행형 몬스터들이 날아다니고, 그 사이사이를 드론과 비스무리한 비행체들이 채운다.

인간의 비명 소리인지, 괴물들의 비명 소리인지.

슬슬 분간하기가 힘들다.

"형님!"

내가 정신없이 길을 뚫고 있을 때쯤, 전방에서 한 남자가 모습을 드러냈다.

당연히 자현이었다.

자현이는 가볍게 허공을 밟으면서 내 옆에 착지했다.

허공을 걷는 거 하나만큼은 일류다.

"지금 통신이 안 됩니다. 마정석을 이용한 통신도 불가능해요."

"다른 곳의 상황을 확인할 수 없다라…… 상황을 보면 당연한 거지 뭐."

마정석을 이용한 통신도 결국에는 마력에 의존하는 수단이다.

지금 이곳처럼 온갖 기운들이 뒤섞이는 곳에서 제대로 작동을 할 리가 없다.

일단 전투가 시작된 지 얼마 되지도 않았는데 벌써 지휘 체계가 무너져 내렸다.

흐름이 좋지 않다.

흐름을 빼앗긴 전투에는 당연히 막대한 희생이 뒤따르게 된다.

이런 상황에서 피해를 최소화할 수 있는 방법은 하나다.

"코어까지 단숨에 돌파한다, 자현아."

"제가 앞장서서 뚫을까요?"

"저기 저 검은 원, 코어가 느껴지냐?"

그러자 자현이가 잠시 눈을 가늘게 뜨더니, 어깨를 으쓱이며 답했다.

"형님이랑 비슷한 느낌이 드는 게 하나 있습니다."

"게이트 자체가 고대 신들이 손을 써 둔 거야. 내가 그놈들 중 한 놈을 잡아먹었으니까, 비슷한 것도 맞겠지."

내 대답에 자현이가 슬쩍 내 얼굴을 바라보았다.

"그런 거 먹다가 탈 나요."

"내가 위장이 튼튼해."

"형님이 거기서 더 이상해지면 일단 지구로는 감당 안 되는 거 알죠?"

나를 얼마나 미친놈으로 보고 있으면 저런 말이 나와?

전투가 끝난 후에 교육을 좀 시켜 줘야겠다.

나는 힘을 주어 녀석의 등을 후려친 다음, 손가락으로 게이트의 중심을 가리키며 말했다.

"저곳까지만 뚫으면 된다."

"그럼 함께……."

"무슨 소리야. 너 혼자 뚫어야지. 형은 혹시 모를 전투에 대비해서 힘을 비축해야 해."

저 안개 속에 무엇이 숨어 있을지는 나조차도 예상이 안 간다.

그렇기 때문에 최대한 힘을 비축해 둘 필요가 있었다.

내 뻔뻔한 목소리에 자현이가 눈을 둥그렇게 뜨면서 말했다.

"핑계가 너무 성의가 없……."

"닥치고 빨리 뚫어."

"……예."

내가 슬쩍 주먹을 들어 올리자 곧바로 내공을 끌어올리는 자현이.

자현이의 몸에서 보랏빛의 연기들이 피어오르기 시작했다.

본인 스스로가 천마신공이라고 소개했던 무공.

무공의 이름 따위는 사실 크게 궁금하지 않았지만, 위력만큼은 정말 대단하다.

콰드드득.

오로지 파괴만을 위한 힘.

자현이의 몸에서 뻗어 나간 보라색 실들은 아주 효율적으로 적들의 숨통을 꿰뚫는다.

자현이가 휘두르는 검에서는 쉴 새 없이 바람이 뻗어 나갔고, 그 바람에 닿는 모든 것들이 먼지가 되어 흘러내린다.

무엇이든지 극한에 이르면 아름다운 걸까?

녀석의 전투는 흡사 아름다운 예술 작품을 보는 것만 같……았다는 솔직히 너무 갔고.

아무튼 아주 쓸 만했다.

"좋네."

나는 자현이가 뚫어 주는 길을 따라 부지런하게 앞으로 달려갔다.

＊

"하아, 진짜 뒈질 것 같네."

"고생했다."

자현이를 갈아 넣은 덕분에 나는 게이트의 중심에 편하게 도착할 수 있었다.

게이트의 중심 구역에 발을 내딛자마자 안개가 스멀스멀 기어 올라오기 시작한다.

그 안개를 직접 몸으로 느끼고 나서야 이 안개의 정체에 대해서 짐작할 수 있었다.

"안개가 아니라 에너지 같은 거였네."

서로 다른 기운들끼리 충돌하는 과정에서 흩어진 일부 기운들.

그 기운들이 안개처럼 중심을 가리고 있었던 것이다.

"이제부터는 어떻게 하실 거예요?"

자현이는 한쪽 눈을 찡그린 채로 검을 잠시 자신의 검집에 집어넣었다.

"몸 상태는 어때?"

"이 안개 같은 것들이 자꾸만 제 몸속으로 들어오려고 해서 예민하죠. 딱 그 정도. 아직 더 싸울 수 있어요."

아무래도 이 안개가 각성자들의 힘을 약화시키는 기능을 수행하는 것 같다.

"형님은요?"

"나야 뭐 괜찮지. 기분이 나쁘긴 한데, 불편하진 않아."

내가 지난번에 고대 신 한 놈의 격을 흡수한 덕일까?

불쾌한 안개기는 했지만 내 신성력이 흩어진다거나 흐릿해진다거나, 그런 느낌은 없었다.

나는 가볍게 고개를 끄덕인 다음 천천히 앞을 주시했다.

한 치 앞을 겨우 분간할 수 있는 안개.

게이트의 코어는 생각했던 것보다 훨씬 안쪽에 위치하고 있었다.

"좋지 않은데."

직감이 쉴 새 없이 위험을 알려 온다.

안개 속에 무언가가 도사리고 있다.

지옥이나 다름없는 안개 밖과는 달리, 이곳은 너무나도 조용했다.

마치 이미 모든 것이 죽어 버린 것처럼.

툭.

내 발에 무언가가 차였다. 고개를 내려 그것이 무엇인지 확인했는데, 그것은 목이 없는 이종족의 사체였다.

몸뚱어리만 덜렁 남아 있는 기괴한 사체.

사체의 목 부근은 마치 무언가에 물어뜯긴 듯, 불규칙한 자국이 남아 있었다.

"짐승 새끼가 한 마리 있는 것 같다?"

나는 자현이를 향해 넌지시 말했고, 자현이가 고개를 끄덕이며 답했다.

"피 냄새가 나요. 에너지는 가릴 수 있겠지만, 냄새까지는 완전하게 지우진 못하는 것 같은데요?"

자현이의 말대로 피 냄새가 분명하게 느껴졌다.

사체에서 나는 피 냄새인지는 모르겠다만, 무언가 이곳에서 피를 흘렸다.

나는 고개를 끄덕이면서 가볍게 성화를 피워 올렸다.

내 손에서 피어오른 하얀색 불꽃은 안개를 빠르게 불태우기 시작했다.

그러자 조금씩 시야가 확보되어 갔다.

이곳에 흩어져 있던 사체는 고작 한 구가 아니었다.

"……하."

수백, 수천의 사체가 사방에 널려 있었다.

모두 하나같이 짐승에게 물어뜯긴 듯한 사체.

마치 길처럼 놓여 있던 사체를 따라 시선을 옮겼다.

그 시선의 끝에는 검붉은 색의 털을 지닌 거대한 늑대 한 마리가 서 있었다.

늑대의 옆에는 익숙한 신성력을 지닌 인간들도 함께하고 있었다.

"이제는 아예 숨기질 않겠다는 거냐?"

백명교.

틀림없는 백명교의 신도들이었다.

녀석들 중 가장 앞에 서 있던 남자 한 명이 천천히 앞으로 걸어 나왔다.

"희고 밝은 질서를 따르는 종, 박중근입니다, 김시우 교황님. 현재 이 지역은 저희 백명교가 통제 중입니다. 걱정하지 마십시오."

마치 감정이 없는 듯한 무뚝뚝한 목소리.

그 남자는 나와 자현이를 번갈아 보면서 말했다.

"이 늑대는 저희가 모시는 분께서 저희에게 내려 주신 펜리르입니다. 질서를 어지럽히는 존재들을 제거하라는 사명을 받아 이 땅에 강림한 사도지요."

자현이는 그 남자의 말을 듣더니 곧 나를 바라보았다. 그리고 피식 웃으면서 말했다.

"그렇다는데요?"

"그렇다네."

오늘 들었던 말 중에 가장 웃긴 말이다.

녀석들이 '펜리르'라고 부른 존재는 입가에 피를 잔뜩 묻힌 채로 나를 노려보고 있었다.

어쩌면 저 선홍빛의 털은 피를 잔뜩 뒤집어썼기 때문일지도 모른다.

"저희는 인류의 적이 아닙니다. 그리고 이곳에 있는 펜리르 역시 마찬가지입니다."

스스로를 백명교의 신도라고 밝힌 박중근의 입에서 드디어 희대의 개소리가 흘러나오기 시작했다.

그 말을 들은 자현이가 큰 소리로 웃더니, 곧 눈물을 닦으면서 말했다.

"형님, 드디어 저 새끼가 미친 소리를 지껄이는데요?"

"내버려 둬 봐. 어디까지 하나 들어 보게."

나는 건틀릿을 소환해 착용하면서 고개를 끄덕였다.

"그래서, 너희가 주장하는 건 뭐냐?"

내 질문에 박중근은 여전히 무뚝뚝한 목소리로 답했다.

"리멘 교단에 있어서 저희는 적일지도 모르나, 당신의 뒤에 서 있는 많은 이들을 생각하십시오. 펜리르와 싸우는 건 좋은 선택이 아닙니다."

펜리르로부터는 분명한 신격이 느껴지고 있었다.

즉, 저 늑대 역시 신격이라는 뜻.

"펜리르는 새로운 질서를 거부하던 어리석은 신격을 잡아먹고, 마침내 신격에 도달한 존재. 다른 차원에서 넘어오는 자들로부터 인류를 지켜 줄 수 있는 존재라고 할 수 있지요."

"처음부터 이 녀석을 데려올 생각으로 너희가 게이트를 연 건 아니고?"

내 질문에 박중근은 대답하지 않았다.

아무 말 없이 나를 바라볼 뿐.

그르르르르.

펜리르는 나를 향해 이빨을 드러냈다. 녀석의 이빨 사이에서 선홍빛의 피가 주르륵 흘러내린다.

녀석의 아가리에는 미처 씹지 않은 사체들이 들어 있었다.

인류를 수호해 주겠다는 놈치고는 지나치게 흉악하고, 지나치게 포악한 모습이었다.

나는 천천히 펜리르를 향해 다가갔다.

그리고 그 옆의 백명교 신도들을 바라보면서 히죽였다.

"내가 여태까지 가만히 너희가 하는 짓을 지켜봤어. 야당이 너희를 도와 정권을 창출하려고 하든, 언론들이 너희를 비호하든, 사실 내 알 바는 아니었거든."

안개가 자욱해진다.

마치 이 장면을 은폐하기라도 하려는 듯, 바닥에 널브러져 있던 참혹한 사체들을 지워 내려고 들었다.

그러나 내 몸으로부터 퍼져 나간 성화가 안개들이 재생하는 걸 막아 버린다.

이미 나는 녀석들이 어째서 안개로 사체들을 가리려는지 알고 있었다.

바닥에 널브러져 있던 사체들 모두가 게이트에서 기어 나온 몬스터나 이종족의 것들은 아니었다.

"증거를 완벽하게 지운다고 해서 뭐가 달라질 것 같아?"

이능관리부 소속의 각성자들이나, 대형 길드 소속의 각성자들의 시체 역시 이곳에 널브러져 있었다.

어떤 과정을 통해서 그들의 시체가 이곳에 있는지는 모르겠다.

하지만 한 가지는 확실하다.

그 모든 시체들을 저 펜리르라는 짐승 새끼가 먹어 치웠다.

"모든 일에는 희생이 따릅니다. 새로운 질서가 만들어지기 위해서 당연히 그에 걸맞은 희생이 필요합니다."

그 말을 듣고 나서야 나는 이 녀석들이 본격적으로 깽판을 치기로 했다는 걸 깨달을 수 있었다.

이제 백명교와 고대 신 놈들은 본인들의 목적을 숨기지 않을 것이다.

지금 이 자리에서처럼.

박중근은 나를 노려보면서 말했다.

"증거는 남아 있지 않습니다. 인간은 언제나 보는 것, 들리는 것에 의존합니다. 우리가 그들을 죽였다는 증거가 있습니까? 그들은 게이트로부터 인류를 지키기 위해 희생했을 뿐입니다."

"증거라. 증거 되게 좋아하네."

결국, 이 희뿌연 안개가 백명교의 죄악을 이곳에서 지워낼 것이다.

이 안개는 애초부터 그들의 죄악을 뒤덮고, 모든 것을 합리화시키기 위해서 존재하는 것이었던 거다.

우리 교황님 좀
말려 주세요

나는 그 말에 활짝 웃을 수밖에 없었다.

"처음부터 그렇게 나오지 그랬어. 그런데 너희가 한 가지 까먹은 게 있나 본데…… 내 눈은 증거가 아니냐?"

"리멘 교단은 항상 백명교를 적대하고 있는 집단입니다. 그런 집단이 헛소문을 퍼뜨리며 백명교의 명예를 더럽히는 걸 수도 있겠지요. 그거 압니까? 당신이 우리를 죽이고 코어를 부수는 순간, 이 안개는 흩어집니다. 그리고 그 자리에는 백명교도들의 시체만 남아 있을 겁니다. 그렇다면 사람들은 누구를 의심하겠습니까?"

녀석은 친절하게도 내가 곤란할지도 모른다는 지적을 해 준다.

우리 교단은 지킬 게 너무 많았고, 그 때문에 많은 제약을 받고 있던 상황이었다.

그리고 백명교는 여태까지 그 부분을 집요하게 파고들어 왔다.

바로 지금처럼.

나는 박중근을 바라보면서 고개를 작게 끄덕였다.

"내가 방법을 하나 말해 볼게. 한번 들어 봐."

솔직히 지금까지 할 만큼 했다.

이 녀석들이 내가 끝까지 체면을 차릴 거라고 생각했나 본데, 아쉽게도 나는 그런 위인은 못 된다.

차라리 잘됐다.

"그냥 이 자리에서 너희 시체까지 남기지 않고 처리한 다음, 코어를 부순다. 이 방법은 어때?"

이제부터는 그냥 전면전이다.

교단의 위신?

체면?

그딴 거, 이제 그냥 될 대로 되라지.

"너희들이 먼저 저지른 거야."

우리교황님좀
말려주세요

참을 만큼 참았어

사람은 보통 안 하던 짓을 하면 죽기 마련이다.

그래서일까?

근래에 진짜 답답해서 죽는 줄 알았다.

정화자에 이어서 백명교 놈들까지 무력이 아니라 외부적인 요인으로 압박해 들어오니까, 진짜 머리가 빠질 정도로 스트레스를 받았었다.

아마 나에게 신성력이 없었다면 진작에 스트레스성 탈모가 왔을지도 모른다.

하지만 이제는 스트레스 따윈 안녕이다.

"김시우우우우우-!"

"너희는 그냥 죽어라."

콰아아아아아앙.

나는 나를 향해 달려드는 백명교의 성기사를 가볍게 주먹으로 으그러뜨렸다.

내가 주먹을 내지르자 갑옷이 종이처럼 찌그러졌고, 그놈은 깔끔하게 절명한 채로 뒤로 날아갔다.

개운하다.

이렇게 개운할 데가 없다.

사람을 죽이는 건 언제나 찝찝함이 동반되지만, 이 순간만큼은 거진 해방감까지 느껴진다.

"너희의 행동을 합리화하려면 적어도 성의는 보였어야지."

게이트를 토벌하기 위해 모인 이능관리부의 각성자들, 대형 길드의 각성자들.

그들의 시체와 이종족 들의 시체가 구분 없이 사방에 널브러져 있다는 것.

그것만으로도 이 모든 참극이 펜리르가 저지른 일이라는 걸 알려 준다.

게다가 이 새끼들은 죄질이 나쁘다.

증거인멸.

펜리르가 시체들을 남김없이 먹어 치우게 함으로써 완벽한 범죄를 꿈꾸고 있었다.

그르르르르.

펜리르는 자신을 향해 다가오는 나를 노려보면서 침을 뚝

뚝 흘렸다.

녀석의 침은 강한 산성을 띠고 있는지, 바닥에 닿을 때마다 대지를 녹게 만든다.

신격이라고 하기에는 참 끔찍한 놈이 아닐 수가 없다.

북유럽신화에 저놈과 같은 이름을 지닌 늑대가 나왔던 걸로 기억하는데, 눈앞의 놈은 신화 속의 주인공이 아니라 지옥에서 넘어온 광견 같았다.

"인간을 우적우적 씹어 먹는 놈이 신격은 무슨. 그냥 악마 새끼지."

내가 진짜 불쾌한 건, 저딴 짐승의 몸속에 나와 비슷한 신성력이 깃들어 있다는 거다.

지구의 신격으로서 얻게 되는 신성력.

고대 신들이 세례를 내린 것이 분명한 그 힘이 저 짐승의 몸속에서 꿈틀거리고 있었다.

콰우우우우!

펜리르가 거칠게 포효한다.

그 포효에는 빌어먹을 신성력이 가득 담겨 있었다.

"크ㅇㅇㅇㅇ."

"아득히 높은 곳에 계신……."

그 포효에 무언가 담겨 있었던 걸까?

펜리르의 옆에 서 있던 백명교의 신도들에게 광기가 서린다.

그들의 눈이 희번덕거렸고, 그들은 저마다 처절하게 신앙을 고백하면서 무기를 집어 든다.

아까 전까지 나에게 말을 걸어오던 박중근 역시 마찬가지였다.

박중근은 더 이상 무표정한 얼굴을 짓지 않는다. 광기를 온몸으로 받아들인 듯, 미친 듯이 광소를 터뜨린다.

"교황아, 교황아, 어리석은 리멘의 하수인아! 어찌하여 그분들께서 너에게 건네준 동아줄을 버리고 맞선단 말이냐!"

펜리르가 직접 내리는 광기의 세례에 백명교의 모든 신도들이 광기를 기꺼이 받아들였다.

그리고 잠시 후.

"새로운 질서를!"

"영광스러운 뜻을!"

그들은 모두가 광전사가 되어 나를 향해 달려들었다.

나는 그들의 돌진을 가만히 서서 지켜보았다. 그리고 자현이를 향해 가볍게 손을 까딱였다.

"너랑 나랑 반반 하는 거다."

"왜 굳이 반반입니까, 형님."

"나 혼자 죽이는 것보다야 너도 같이 죽이는 게 낫지."

"……공범?"

"비슷해."

"에휴."

자현이는 한숨을 내쉬면서 자신의 검을 뽑았다. 그리고 군말 없이 앞으로 달려 나갔다.

그와 동시에 허공에 적들의 목이 튀어 오른다.

나는 그 모습을 눈에 담으며 곧장 펜리르를 향해 달려갔다.

"김시우우우!"

광기에 휩싸인 무리가 나를 향해 달려든다.

체면을 놓지 못했을 때, 선을 지켜야 했을 때는 처리하기가 참 곤란했겠지만…… 지금은 아니다.

"순교 축하한다."

콰지지지직.

있는 힘껏 주먹을 내질러서 녀석들의 대가리를 곤죽으로 만들어 버린다.

그들의 피는 내 손에 휘감긴 성화에 의해 즉시 증발한다.

피 냄새 대신 단백질이 타는 냄새가 사방에 가득하다.

같은 신성력끼리의 싸움.

신성력의 근원은 다르나, 신성력 간의 싸움에선 상성 따윈 존재하지 않는다.

그렇기 때문에 더더욱 힘으로 승부가 결정된다.

"귀찮게 좀 하지 마."

나는 한 놈의 멱살을 잡은 채로 앞으로 달려 나갔다. 그리고 있는 힘껏 녀석을 펜리르의 아가리를 향해 던졌다.

콰드드득.

펜리르는 사육사가 주는 먹이를 받아먹는 동물처럼, 내가 던진 백명교의 신도를 당연하다는 듯이 잡아먹었다.

반찬 투정을 하지 않는 대식가였다.

그 모습을 바라보고 있자니 아주 좋은 아이디어가 떠올랐다.

완벽하게 이번 일을 덮을 수 있는 방법.

"이곳에 있는 모든 적을 네가 대신 먹어 주면 되겠네."

이래서 사람이 임기응변 능력이 참 중요해.

이런 곳에서 갑자기 사육사가 될 줄은 몰랐다만, 제법 괜찮은 방법이다.

나는 고개를 끄덕이면서 부지런히 펜리르를 향해 백명교의 신도들을 던져 주었다.

· 한 놈, 두 놈, 세 놈.

그 모습을 저 멀리서 지켜보고 있던 자현이 녀석도 눈치 빠르게 백명교 신도들을 펜리르의 아가리 속으로 날려 보낸다.

보통 이런 상황이면 다들 두려움에 떨 만도 한데, 백명교 신도들의 반응이 아주 일품이었다.

"세계를 잡아먹는 늑대시여."

"제 몸을 기꺼이 당신에게 바치─."

녀석들은 당연하다는 듯이 자신들의 운명을 받아들인다.

우리 교황님 좀
말려 주세요

한낱 늑대의 한 끼 식사가 되었음에도, 녀석들은 마지막 순간까지 신앙을 증명하려 든다.

저 모습이야말로 진짜 '광기'가 아닐까?

리멘이었다면 거부했을 모습이었으나, 저 녀석들의 신들은 그 모습이 굉장히 흡족했나 보다.

우우우웅.

펜리르의 몸에서 더욱더 강력한 신성력이 방출되기 시작한다.

크르르르르.

그리고 마침내 펜리르가 거대한 몸집을 움직였다.

녀석의 노란색 눈동자가 나를 바라보았고, 나는 그 눈동자를 정면으로 마주했다.

그리고 두 팔을 벌리면서 말했다.

"게이트에서 튀어나온 늑대 괴물이 코어를 파괴하러 들어온 백명교, 이능관리부, 대형 길드의 각성자들을 전부 잡아먹었다⋯⋯. 이게 내일 아침에 뉴스에 보도될 기사야. 팩트에 기반한 뉴스가 될 것 같다. 혹시 정정 보도 필요하냐?"

그 말에 펜리르는 대답 대신에 다시 한번 포효를 내뿜었다.

콰우우우우우우우-!

"축생이 인간의 말을 이해할 리가 없지."

이 와중에도 코어 쪽에서 또 다른 신격의 기운이 느껴지고 있었다.

대충 상황을 짐작해 보니, 아마 또 다른 신격이 넘어오려는 듯했다.

지금부터는 타임 어택이다.

펜리르 한 놈 정도는 혼자서도 충분하지만, 이만한 놈이 계속 넘어온다면 감당하기 힘들지도 모른다.

"빨리 끝내자."

빠르게 저 늑대의 목을 뜯어 버린 다음, 코어를 분쇄하자.

간만에 제대로 몸을 풀고 있어서 그런가?

심장이 거칠게 박동하기 시작했다.

⁂

신격을 잡아먹은 늑대, 펜리르의 전투력은 딱 내가 예상했던 그대로였다.

차르르르르륵.

펜리르의 몸에서는 끊임없이 신성력들이 촉수처럼 뻗어 나왔다.

고대 신들이 주로 사용하는 그 촉수들.

녀석이 지나오는 자리에는 검은색 점액질들이 남아서 내 이동 반경을 제한하려 들었고, 근접하면 녀석의 몸 곳곳에서 이빨들이 솟아올랐다.

우리 교황님 좀 말려 주세요

펜리르는 몸 전체가 하나의 소화기관이나 다를 바 없었다.

마치 수천 개의 이빨을 피부 밑에 숨겨 둔 것처럼, 쉴 새 없이 산성액이 흘러나왔다.

"튼튼하네."

방어력 하나만큼은 봐 줄 만한 놈이다.

내가 건틀릿을 끼고 아무리 후려갈겨도 쉽게 무너지지 않는다.

주먹을 녀석의 몸에다가 꽂아 넣을 때마다 몸이 움푹움푹 파이지만, 엄청난 속도로 재생이 된다.

아마 트롤의 할아버지가 오더라도 저 속도는 못 따라갈 것 같다.

게다가 더 신경 쓰이는 건, 이 녀석은 일단 고통에 둔감했다.

콰우우우!

내가 때리면 때릴수록 오히려 더욱 성질을 내면서 몸을 비튼다.

고통을 약하게 느끼거나 아니면 못 느낀다는 뜻이다.

이런 특성을 지닌 적들은 꽤 많이 상대해 봤었다.

대표적으로 언데드.

언데드 놈들은 신성력을 제외한 수단에는 고통을 느끼지 못한다.

그러나 이 녀석은 언데드와는 태생부터 다르다.

그리고 무엇보다 고통을 아예 못 느끼는 것 같지는 않았다.

녀석이 공격을 위해 아가리를 벌릴 때마다 그 아가리 속에서 무언가 보인다.

유독 많은 이빨들이 돋아나 갑옷처럼 뒤덮여 있는 회색 수정.

찰나의 순간이지만, 그 수정이 보였다.

아가리 깊숙한 곳.

인간으로 치면 편도쯤 되려나?

"형님!"

내가 펜리르와 무의미한 공방전을 이어 나가고 있을 때, 뒤에서 상황을 모두 정리한 자현이가 끼어들었다.

자현이는 곧바로 펜리르의 몸에 검을 쑤셔 넣으면서 말했다.

"흩어져 있던 백명교 잔당을 다 처리했는데, 왜 아직까지 미친개를 두드리고 계세요."

"생각보다 단단한데?"

"인간은 도구를 사용해야…… 아."

자현이가 찔러 넣은 천마검을 타고 검은색 점액질이 스멀스멀 기어오른다.

그 장면을 본 자현이가 기겁을 하면서 검을 뽑아냈다.

스르르륵.

검을 뽑아낸 자리에는 다시 이빨이 돋아난다.

그 기괴한 장면을 두 눈으로 목격한 자현이가 고개를 절레절레 내저었다.

"더럽기는. 그럼 이 미친개는 어떻게 죽입니까?"

"방법이야 있지. 형이 알아서 할 테니까, 너는 계속 시선이나 분산시켜 봐."

"그건 또 제 전문이죠. 천마군림보 구경이나 하고 계십쇼."

말하기가 무섭게 이상하게 스텝을 밟으면서 움직이는 자현이.

어찌나 현란하고 빠른지, 잔상까지 남을 지경이다.

본인의 기운을 이용해서 일종의 환각까지 거는 것 같긴 한데, 지금 중요한 건 저 무공의 이름 따위가 아니다.

콰우우우.

펜리르는 짐승답게 눈앞에서 알짱거리는 자현이에게 시선을 빼앗긴다.

자현이가 눈앞에서 닿을 듯 말 듯 움직이자, 곧바로 아가리를 쩍 벌리면서 자현이를 단숨에 집어삼키려고 들었다.

나는 그 순간을 놓치지 않았다.

신성력이 당신의 몸을 감쌉니다.
패시브 스킬 〈신성 보호 Lv.Max〉가 상대의 강력한 부식 능력을 방어합니다.

신성력을 끌어올리자마자 내 몸 주위에 새하얀 빛의 방어막이 생성된다.

그 보호막을 두른 채로 녀석의 아가리 속으로 들어갔다.

한 치 앞도 보이지 않는 깜깜한 어둠 속, 내가 피워 올린 성화는 횃불이 되어 빛난다.

펜리르의 거대한 아가리 속에는 반쯤 부식된 해골들이 즐비했다. 나는 그 해골을 밟으며 과감하게 앞으로 나아갔다.

촤르르륵.

내가 한 발을 내디딜 때마다 바닥에서 날카로운 송곳들이 솟아오른다.

그러나 나는 가볍게 그 송곳들을 밟아 부러뜨리면서 달렸다.

그리고 잠시 후, 마침내 이빨들로 뒤덮인 회색빛 수정 앞에 도착할 수 있었다.

신체의 내부에 위치했음에도 불구하고 외부보다 더욱 단단하게 보호하고 있는 부위.

이게 급소가 아니면 뭐가 급소겠어?

가만히 보고 있자니 사랑니처럼 보이기도 한다.

"좋아."

펜리르 이놈의 방어력은 인정해 줄 만하지만…… 이 단단한 놈의 속살은 어떨까?

"겉이 단단해서 안 되면, 안쪽에서부터 찢어 버리면 되지.

들리냐, 펜리르?"

화르륵.

내 손에 성화가 모여든다. 새하얀 성화 위에 내 회색빛의 신성력이 섞여 들어간다.

"사랑니는 내가 대신 뽑아 줄게. 너도 좋잖아."

겉이 단단한 건 인정해 주지.

하지만 과연 속살은 어떨까?

"발치 시작."

나는 비릿하게 웃으면서 주먹을 내리꽂았다.

❧

역시, 겉바속촉이 최고다.

아니지.

이런 경우에는 겉단속촉이라고 해야 하나?

쿠우우우우웅―!

"안쪽은 별거 없네."

나는 한때 '펜리르였던 것'의 아가리를 벌린 다음, 천천히 그 안에서 걸어 나왔다.

"형님."

아가리 밖의 상황은 완전히 정리되어 있었다.

자현이는 백명교 신도의 몸에서 검을 뽑아낸 다음, 천천히 나에게 다가왔다.

"뭔가 좀 달라지신……."

"아, 포식을 좀 했거든. 그것 때문에 기분이 살짝 안 좋다."

"포식을 했는데, 왜요?"

"맛없는 걸 억지로 삼키는 느낌 알지? 딱 그 기분이야."

나는 그렇게 말하여 입 안 가득 고인 피를 바닥에 뱉어 냈다.

펜리르의 격을 흡수하면서 몸에 무리가 많이 왔다.

지금까지 셀 수 없이 많은 격을 흡수했던 건지, 펜리르의 신격은 내가 여태까지 경험했던 것들 중에서 가장 불순물이 많이 껴 있었다.

뭐, 내가 경험한 신격이라고 해 봤자 그리 많지는 않지만 말이다.

그래서일까?

격을 흡수하는 것만으로도 몸 내부에 피해가 축적되었다.

그리고 그 피해가 고스란히 이렇게 각혈로 튀어나온 것 같다.

"피 색 좀 봐라."

"먹물이라고 해도 믿겠습니다. 붓이라도 가져올까요?"

"붓은 갑자기 왜?"

"서예라도……. 하하, 형님, 그거 내려놓으시죠. 그건 또 언제 챙겨 오셨대?"

나는 오른손에 쥐고 있던 펜리르의 이빨을 바닥에 던지면서 한숨을 내쉬었다.

"피곤하다, 자현아. 형 짜증 나게 만들지 마."

"죄송합니다."

자현이의 말이 틀린 건 아니다.

내가 방금 전에 뱉어 낸 피는 먹물만큼이나 까맸다. 즉, 오염된 피라는 뜻이다.

"코어나 끝장내자."

"예."

펜리르의 숨은 확실하게 끊어졌다.

녀석의 아가리 속에 있던 수정을 파괴한 순간, 이 녀석의 몸에 깃들어 있던 생명력은 눈 깜짝할 사이에 사라졌다.

그래서일까?

사르르륵.

이곳을 가득 메우고 있던 안개가 조금씩 사라지기 시작했다.

나는 흩어지는 안개를 가만히 주시했다.

"자현아, 백명교도들 시체는……"

"아, 얘네들이요? 이건 걱정하지 마십쇼."

화르르르륵.

자현이가 손가락을 튕기자 곧 자현이에게 당한 백명교 신도들의 시체가 빠르게 불타올랐다.

무협에서는 저걸 삼매진화라고 하던가?

"완전범죄. 아까 형님께서 말하신 그대로잖아요."

"너도 공범이다."

내 말에 자현이가 웃으면서 대답했다.

"무슨 말씀을. 저희가 무슨 짓을 저질렀습니까? 전부 다
이 덩치만 큰 늑대 새끼가 한 짓인데."

"······합격."

"감사합니다."

자현이 이 녀석, 눈치가 참 빠르다.

이 녀석이 어떻게 천마의 수제자가 되었는지 대강 알 것
같다.

천마, 그 사람도 이 녀석의 눈치를 보고 받아 준 게 아닐
까?

"형님이 최고십니다. 저는 형님 앞에서는 그저 태양 앞의
반딧불이일 뿐입니다."

알랑방귀까지.

어쩌면 이 녀석, 중원에서 아주 힘든 세월을 보냈을지도
모른다.

"좋아."

백명교의 신도들을 모두 처리해 버리자 이 자리에는 펜리
르의 사체만이 남았다.

이 사체는 성지로 가지고 돌아가서 우리 교단의 소중한 자원으로 사용할 예정이다.

드래곤의 사체보다 훨씬 단단하기도 했고, 내가 격을 빼앗아 가자 정화도 알아서 되었다.

이런 귀중한 사체를 남겨 둘 수는 없지.

게다가 우리가 가진 유일한 '증거'가 이 배 속에 남아 있기도 했으니까.

"배 속의 시체들은……."

"소중한 증거잖아. 그리고 그곳에는 억울하게 당한 희생자들도 있으니까, 이대로 내버려 두자."

"예."

나는 빠르게 상황을 정리한 다음, 천천히 게이트의 코어를 향해 다가갔다.

김시우.

수많은 색으로 일렁거리는 게이트.
그 게이트 너머로 음산한 목소리가 들려온다.
목소리는 하나가 아니었다.

우리의 대적자.
흐름을 거부할 순 없다.

우리의 일원.

어째서 순수함을 버리고 이계의 것을 받아들이고 있지?

결국에는 너도 우리의 옆에 서게 될 것이다.

셀 수 없이 많은 목소리가 귓가에 메아리친다.

정신이 아득해질 지경이다.

저 목소리들은 하나같이 신탁이었다. 즉, 저들 모두가 신격에 이르렀다는 소리다.

"너희가 기르는 똥개는 내가 잘 잡아먹었다. 고맙다, 새끼들아."

펜리르를 흡수하면서 꽤 많은 정보를 얻게 되었다.

이곳으로 돌아오려는 고대 신들이 어떤 놈들인지, 정확히 무엇을 추구하고 있는지.

테라로부터 들었던 막연한 정보보다 훨씬 상세한 정보들.

하나를 위한 모두.

모두를 위한 하나.

창조를 위해선 파괴가 필요하다. 결말을 맺어야 새로운 시작이 가능하다.

지금이 바로 그 순간.

저 녀석들은 결국 이 세계를 남김없이 파괴할 것이다.

우리 교황님 좀
말려 주세요

하얀색 도화지의 세계로 만들고, 그 세계 위에 자신들의 권능으로 새로운 그림을 그려 나갈 것이다.

녀석들은 오로지 그 목적으로 다른 세계를 잡아먹었다.

지금까지 수많은 차원의 인과율을 무너뜨렸고, 그곳을 자신들의 실험장으로 삼았다.

그들이 스스로 행한 파괴의 역사가 눈앞을 스쳐 지나갔다.

펜리르의 눈으로 담았던 흔적들.

필멸자들은 비명을 내지르며 죽어 나갔고, 그들을 광신하며 따랐던 이들 역시 비참한 최후를 맞이했다.

지구에서 쫓겨난 괴물들은 주린 배를 채운 뒤 마침내 이 땅에 돌아왔다.

바로 지금.

"앞으로 많이 재밌어질 거야. 니들 똘마니들은 보이는 족족 내가 먹어 치울 거거든."

지켜야만 하는 것.

지키면 좋은 것.

이 둘에는 아주 명확한 차이가 있다.

지켜야만 하는 것은 내 목숨을 바쳐서라도 지켜야 하는 것이다.

하지만 지키면 좋은 것은 목숨까지 바칠 필요는 없는 것들이다.

다르게 표현하자면.

"지키지 않아도 큰 문제 없다는 거지."

딱 그거다.

우우우웅.

수많은 색이 코어에 섞여 들어간다. 그리고 까매진다.

검은색을 닮아 가는 코어.

나는 허공에서 심판의 창을 소환한 다음, 창대를 꽉 움켜쥐었다.

"이제부터 내가 어떻게 하는지 잘 지켜보라고."

코어를 향해 있는 힘껏 창을 던졌다.

그러자 잠시 후.

콰아아아아아아아앙―!

천지가 뒤흔들릴 정도의 폭발이 일어났다.

⚜

코어는 파괴되었다.

코어가 파괴되자 더 이상 괴물들이 튀어나오지 않았고, 살짝 외곽에서 대기하고 있던 예비 병력이 재빠르게 중심부로 투입되었다.

가장 먼저 이곳에 도착한 병력은 강채아가 이끄는 각성자 특수부대였다.

"교황님!"

강채아는 마법으로 바람을 일으켜서 중심부에 자욱한 먼지를 날려 보냈다.

시야가 깨끗해지고 천천히 전장의 상황이 눈에 들어온다.

아직 전투는 끝나지 않았다.

게이트에서 튀어나온 몬스터들이 잔존해 있었고, 각성자들은 목숨을 걸고 그들과 싸우고 있었다.

시체도 즐비하다.

A급 헌터 이상으로만 소집했음에도 사상자가 적지 않았다.

"자현아, 너는 힘 좀 남았지?"

"예, 형님."

"형 힘들다."

"쉬고 계세요. 제가 뒤처리 빠르게 하고 오겠습니다."

마음만 같아서는 당장 몸을 움직여서 사상자를 한 명이라도 줄이고 싶었다.

하지만 몸 상태가 영 좋지 않다.

새롭게 흡수한 격으로 인해서 신성력이 마음대로 움직이지 않는다.

게다가 방금 전 코어를 파괴하면서 받은 충격도 몸에 고스란히 남아 있었다.

자현이는 이런 내 몸 상태를 잘 파악하고 있는 것 같았다. 그래서인지 별말 없이 빠르게 전장으로 몸을 날렸다.

마지막 순간에 결계를 쳐서 자현이까지 보호하길 잘했다.

"채아 씨."

"말씀하십시오."

"코어는 성공적으로 파괴되었습니다. 적의 추가 증원은 없을 겁니다."

내 말에 채아 씨는 천천히 고개를 끄덕였다.

"확인했습니다."

"아군 피해 상황은요?"

"……보시다시피 좋은 상황은 아닙니다. 피해가 꽤 큽니다. 올해 등장한 게이트 중 최악입니다."

"하아."

코어를 빠르게 부쉈음에도 불구하고 이 정도의 피해라…….

조금이라도 늦었으면 정말 큰일 날 뻔했다.

"성하!"

채아 씨가 이쪽에 합류한 지 얼마 되지 않아서 우리 교단의 병력도 이쪽에 합류했다.

온몸에 피를 뒤집어쓰고 있는 루나와 반쯤 해진 사제복을 입고 있는 레오.

그리고 그 둘이 이끄는 성기사와 사제 들이 빠르게 내 앞으로 모여들었다.

"성하, 입가에 피가……."

레오가 심각한 표정으로 내게 다가왔고, 나는 손을 가볍게 내저었다.

"호들갑 떨지 마. 그냥 가볍게 피 한 번 토했어."

"아, 그렇군요."

이런 우리 둘의 대화가 이질적으로 느껴진 걸까?

채아 씨가 살짝 떨리는 목소리로 나에게 묻는다.

"각혈을 하셨다는데, 정말 괜찮으신 겁니까?"

"물론이죠. 적어도 신체 부위 하나가 절단된 건 아니잖아요?"

"⋯⋯예?"

"옛날 생각나네. 그때 오른팔이 잘려 가지고, 겨우 붙였거든요. 조금만 늦었으면 의수 달 뻔했다니까요?"

내 솔직한 대답에 충격을 받았는지, 채아 씨의 표정이 눈에 띄게 창백해졌다.

"아⋯⋯ 팔이⋯⋯."

"그런 것쯤에 비하면 이 정도는 별거 아니죠. 안 그러냐, 루나야?"

"저는 손목 정도만 잘려 봐서요."

"아, 그래?"

"그때 기억나시죠? 마수 한 놈이 뜯어 먹은 손, 그거 성하가 직접 목구멍에 손 넣으셔서 빼 주셨잖아요. 저 그때 진짜 감동 먹었다니까요?"

그런 적이 있었나?

비슷한 일이 하도 많아 가지고.

하여튼.

후발대로 합류한 우리 교단의 병력은 빠르게 나를 중심으로 방어진을 구성했다.

우리가 경계하는 건 비단 몬스터뿐만이 아니다.

병력이 이렇게 철저히 대비를 하는 이유는 바로 저기에서 걸어오는 놈들 때문이었다.

"백명교가 접근하고 있습니다."

하얀색 로브와 하얀색 판금 갑옷을 입은 백명교의 전투부대.

그러나 그들의 순백색 곳곳에는 피가 묻어 있었다.

그 모습이 지금의 백명교의 처지와 참 비슷하다고 느껴진다.

그들은 조용히 우리 앞까지 다가왔다.

그리고 곧 그 무리에서 순백색의 갑옷을 입고 있는 한 여자가 걸어 나왔다.

그녀는 천천히 주위를 두리번거렸다. 그리고 곧 나와 시선을 마주하면서 말했다.

"백명교 제2전투단의 단장 나효주입니다. 중심부에 저희 전사들이 들어간 것으로 아는데, 혹시 보셨습니까?"

백명교의 전투원들은 전투태세를 풀지 않았다.

"봤지."

"그들은 지금 어디에 있습니까?"

마치 당장이라도 무기를 꺼낼 기세였다.

하지만 나는 여유로운 표정으로 그녀를 바라보았다. 그리고 내 뒤에 있던 펜리르의 사체를 가리키며 말했다.

"저 늑대 배 속에. 의심 가면 배 갈라서 확인해 보든가. 내가 이곳에 도착했을 때, 저 녀석이 사람들을 다 잡아먹고 있던데?"

물론 백명교 신도들은 내가 직접 아가리로 던져 넣어 주기는 했지만 말이지.

내 대답에 나효주라는 성기사는 미간을 찌푸렸다. 그리고 날이 선 목소리로 되물었다.

"……김시우 교황님께서 손을 쓰신 건 아닙니까?"

"나효주 씨, 지금 교황님께 무슨……."

"아아, 괜찮아요, 채아 씨. 백명교랑 리멘 교단이 앙숙인 건 유명하잖아요? 충분히 오해할 수 있다고 생각합니다."

나는 웃으면서 그녀의 옆으로 다가갔다.

그러자 백명교의 일부 전투원들이 몸을 움찔했지만, 나효주가 손을 들어 그들을 제지했다.

덕분에 아무런 저항 없이 그녀에게 다가설 수 있었다.

"늑대가 아주 사나웠어. 구분 없이 다 잡아먹더라."

천천히 그녀의 귀에 입을 가져다 댔다.

그리고 웃으면서 속삭였다.

"일이 어떻게 된 건지는 너희가 더 잘 알 거 아니야. 안 그래?"

"지금 이건 리멘 교단의 명백한……."

무슨 말을 해 줘야 할까?

아, 이게 좋겠군.

나는 숨을 크게 들이마신 다음, 아주 나지막한 목소리로 말했다.

"X까."

⚜

사망자 1020.

부상자 파악 불가.

이번 전투의 영수증은 우리가 예상했던 것보다 훨씬 심각했다.

돌발 게이트가 아니었음에도 불구하고 사상자 숫자가 이 정도였던 걸 보면, 이번 게이트가 얼마나 끔찍했는지를 알 수 있었다.

"우리 측도 사망자가 발생했습니다. 사망자 12. 부상자 90. 다행히도 응급조치는 빨랐기 때문에 중상자들은 안정을 되찾고 있습니다."

"……가족분들에게 전사 통보는 하셨습니까?"

"예. 지난 중국 내전 기간 동안 새롭게 재정비한 규정에 따르고 있습니다."

전쟁은 언제나 희생자를 낳는다.

중국 내전을 통해 노련해진 우리 교단의 병력조차 이 정도의 피해를 입었다는 건, 그만큼 전쟁이 끔찍했다는 의미기도 했다.

나는 숨을 깊게 들이쉬었다.

"그들이 전사함으로 인해 가족들의 일상이 완전히 무너지지 않도록…… 교단의 전력을 다해 서포트해 주세요. 우리가 해 줄 수 있는 건 오로지 그뿐입니다."

"알겠습니다."

"하아."

중국 내전에 이어 이번 초대형 S급 게이트 전투까지.

내가 애지중지 키웠던 우리의 1, 2기 교육생들이 너무도 많이 사망했다.

가슴이 답답했다.

내가 조금만 더 강했다면 더욱 많은 이들을 살릴 수 있지 않았을까?

"성하."

라파르트 대주교는 이런 내 표정을 읽는다. 그리고 나지막한 목소리로 말했다.

"성하의 잘못이 아닙니다. 그들은 모두 리멘의 이름을 외치며 명예롭게 전사했습니다."

누군가를 잃는 것은 아무리 경험해도 익숙해지지 않는다.

그저 묵묵히 그 아픔을 견뎌 내는 거지.

그렇게 내가 라파르트 대주교와 전사자들에 대한 이야기를 나누고 있을 때.

똑똑똑.

"성하, 레오입니다."

"들어와."

레오가 태블릿 PC를 든 채로 집무실 안으로 들어왔다.

"현재 교단의 모든 대장장이들이 장비 수리 작업에 투입되었습니다. 예상 수리 기간은 넉넉히 1주라고 합니다. 그리고 성하께서 결정해 주셔야 할 게 있습니다."

"뭔데?"

"이것부터 보십시오."

레오는 무뚝뚝한 표정으로 나에게 태블릿 PC를 건네주었다.

이번 전투에서 레오는 가슴과 오른팔 쪽에 중상을 입었는데, 그래서인지 손에 붕대가 감겨 있었다.

"세종일보 쪽에서 연락이 들어왔습니다. 언론 대응 기조를 잡아 주셔야 할 것 같습니다."

전투가 종료된 지 불과 5시간밖에 안 지났다.

그런데 우리가 대응해야 할 게 벌써 생겼다고?

일단 레오가 건네주는 태블릿 PC를 받아서 살펴보았다.

화면 위에는 누가 봐도 백명교가 사주한 듯한 기사들이 떠올라 있었다.

〈사상 초유의 초대형 S급 게이트, 토벌 완료〉

〈대한민국의 역사적인 승리! 하지만 석연찮은 의혹들이 남다〉

〈백명교 소속 각성자들의 비극〉

〈그들은 누구에게 죽은 것일까?〉

자극적인 기사였다.

리멘 교단의 이름이 그 어디에도 없었지만, 누가 보더라도 그 기사들이 겨냥하고 있는 게 누구인지 알 수 있었다.

"현재 수많은 언론사에서 문의 전화가 오고 있습니다. 성하, 저들은 지금 거짓을 날조하여 선동을……."

"내가 담근 거 맞아."

"……예?"

"걔네들, 내가 담갔다고. 펜리르가 마음껏 먹을 수 있게 도와줬어."

따지고 보면 거짓 기사는 아니다.

왜?

내 손으로 처리한 건 맞으니까.

나는 레오를 바라보며 슬쩍 입꼬리를 올렸다.

"'스불재'라고들 하지."

"스스로 불러온 재앙 말씀이십니까?"

"신조어 공부 많이 했네? 펜리르는 녀석들이 이곳에 끌고 온 놈이야. 백날 증거를 조사해 봐라. 내가 했다는 증거가 나오나."

유일한 증인이라고 할 수 있는 건 자현이 정도인데, 자현이 그 녀석도 직접 백명교 놈들을 베어 넘겼다.

자현이 녀석도 백명교가 어떤 놈들인지 잘 알고 있다.

그들이 바라는 새로운 질서에 순응할 생각이 없는 놈이기도 하고.

"그렇다고 전부 우리 짓이에요! 이렇게 말할 필요까지는 없지."

"그렇습니다."

"여태까지 우리가 좀 소극적으로 대응했었지?"

"교단을 비난하고 폄훼하는 이들을 조심하고자 했습니다. 인터넷의 특성상, 작은 실수조차 과대 해석 됩니다."

어렸을 때 들었던 노래 가사 중에 이런 가사가 있다.

백 번의 선행은 모래 위.

한 번의 과오는 바위에 다 새길 거라고.

안티란 게 원래 그렇다. 우리 교단이 조금만 삐끗하는 순간, 다들 기다렸다는 듯이 개처럼 달려들 것이다.

이유?

딱히 그럴듯한 이유도 없겠지.

우리 교단이 망하길 바라는 사람들이 분명히 있을 테니까.

그러나 이번 사태를 통해서 내가 깨달은 게 한 가지 있다.

"언제까지 구더기 무서워서 장 못 담글 거야? 우리에게는 우리가 해야 할 일이 있잖아."

"맞습니다."

"세종일보 측에 전달해. 여론전, 가짜 뉴스 등등. 저쪽에서 걸어오는 모든 전쟁에 전면적으로 대응하겠다고. 아, 그리고 한 가지 더."

"말씀하십시오."

"이단심문관들이 백명교에 대해 자체적으로 조사한 것들 있지?"

"예."

"그 자료들 전부 세종일보 측으로 넘겨 버려."

새로운 국면이 열렸다.

지금까지 백명교의 공격을 맞고만 있었지만, 이제부터는 망설일 생각이 없었다.

내가 너무 신중한 나머지 초심을 잃어버렸던 것 같다.

애초에 우리 교단의 스타일은 이거다.

눈에는 눈, 이에는 이.

저쪽에서 여론전을 걸어온다고 한다면, 우리 교단 역시 여론전으로 맞받아치면 되는 거다.

"이제부터 우리도 가지고 있는 모든 수단을 동원해서 백명교랑 부딪친다."

이미 돌이킬 수 없는 강을 건넜다.

정화자의 세력이 대부분 궤멸한 지금이야말로 백명교를 이 땅에서 축출해 낼 좋은 기회다.

"우리 교단 교육생들에게 언론을 조심하라는 이야기도 해주고."

"아, 그 부분은 걱정하지 않으셔도 됩니다."

"왜?"

내 물음에 레오는 희미하게 웃으면서 답했다.

"내일부터 3기 교육생들의 훈련이 시작됩니다. 그들이 언론의 인터뷰에 응할 시간이…… 과연 나올지 모르겠습니다."

"저런."

레오의 각오가 심상치 않다.

불쌍한 우리 3기 교육생들.

"지금 미리 고생하면 미래가 바뀔 겁니다."

"그거 내가 고등학생 때 많이 들었던…… 아니다, 아니야."

아무튼 간에 백명교, 이 새끼들.

어디 한번 끝까지 가 보자고.

대한민국이 초대형 S급 게이트를 토벌한 직후, 전 세계 각지에서 동시다발적으로 연달아 S급 게이트들이 발생하기 시작했다.

가장 먼저 미국.

미국에는 총 두 개의 S급 게이트가 생성되었다.

돌발 게이트는 아니었기 때문에 미국은 진작에 한국에 체류하고 있던 라파엘과 에이든을 소집해 둔 상태였다.

미국이 보유한 이레귤러는 총 넷.

엠마 여사가 그 누구보다 빠르게 생성 위치를 알려 준 덕분에 미국은 큰 피해 없이 게이트를 토벌하였다.

유럽 역시 영국과 독일에 각각 한 개씩 생성되었으나 어떻게든 잘 방어해 냈다.

문제는 중국을 비롯한 다른 국가들이었다.

"중국 정부는 백명교의 제안에 따라서 게이트에서 넘어온 괴물들을 받아들인 것 같습니다. 북경에 침투한 이단심문관들이 보고를 해 왔습니다."

"토벌을 했다는 보고는 거짓이고?"

"그렇습니다."

나는 레오의 보고를 들으며 눈살을 찌푸릴 수밖에 없었다.

중국뿐만이 아니다.

"남미, 아프리카, 동유럽 일부 국가에서도 비슷한 사례가 보고되고 있습니다. 그 중심에는 각국에서 등장한 신흥종교들이 자리 잡고 있습니다."

"고대 신들을 숭배하는 놈들이지?"

"예."

"지독하네."

힘이 있는 이들은 자체적으로 게이트를 해결했지만, 힘이 없는 이들은 결국 타협하고야 말았다.

고대 신들은 그 누구보다 작금의 지구를 잘 이해하고 있었다.

기존의 질서가 무너져 가고 있었고, 그 틈을 파고들며 세력을 확장해 온다.

힘을 갈구하는 자들에게 힘을 건네준다는 소리만큼 달콤한 건 없을 것이다.

새로운 질서건 뭐건, 모든 이들에게 있어서 생존이란 가장 우선시되는 요소다.

이런 세상에서 힘은 생존과 직결된다.

고대 신의 힘을 받아들인 그들을 무턱대고 비난할 수만은 없었다.

그들도 결국 살고자 발버둥 치고 있는 거니까.

하지만 한 가지.

그렇다고 해도 우리 교단의 적이라는 건 달라지지 않는다.

"국내 여론 반응은 어때?"

내 질문에 레오는 대답 대신에 태블릿 PC를 몇 번 더 두드려서 나에게 보여 주었다.

"직접 보시겠습니까?"

[제목: 리멘 교단 억까들 진짜 죽여 버리고 싶음]

내용: 솔직히 리멘 교단이 여태까지 혼자 개고생하면서 대한민국 바꾼 건 맞지 않냐?

대형 길드 새끼들끼리 치고받으면서 망해 가던 대한민국 아님? 양심이 있으면 확인되지 않은 사실로 리멘 교단 까면 안 되지ㅋㅋ

쟤네가 신도들한테 불법으로 돈을 뜯기를 했어, 아니면 신앙을 강요하기라도 했어? 힘들 때만 '도와줘요, 리멘에몽!' 했다가, 대체품 나올 것 같으니까 개같이 깜?ㅋㅋㅋ

　-리멘 교단은 10년간 까방권 줘야지

　-리멘 억까들 특)평소에도 불만만 많음

　-백명교 X 파일 못 봄? 백명교 쟤네들 가스라이팅도 거리낌 없이 하던데

　-ㅋㅋㅋㅋ리멘 교단 알바 새끼들 티 좀 작작 내라~

　└ㅋㅋㅋㅋㅋㅋㅋ너는 그럼 백명교 알바냐?

　└내가 IP 추적했는데 애 백명교 알바 맞음

가장 많은 추천 수를 받고 있는 게시물.

대부분의 커뮤니티에서 빠른 속도로 여론이 조성되고 있었다.

"혹시 진짜 이단심문관들이 댓글 작업을 한 건 아니지?"

내 질문에 레오가 단호하게 고개를 가로저었다.

"리멘께 맹세코 그런 일 없습니다."

"그럼 저게 자발적인 실드야?"

"그런 것 같습니다."

좀 얼떨떨하다.

다들 힘을 합쳐서 우리 교단을 까 내릴 줄 알았는데, 생각했던 것과 분위기가 다르게 흘러가고 있었다.

그 훈훈한 모습이 뭔가 어색했다.

"인터넷에서는 보통 다 까 내리는 거 아니었나?"

그 질문에 대한 대답을 해 준 건 레오가 아니라 내 옆에서 핸드폰을 살피고 있던 인욱이였다.

"대한민국 사람이면 리멘 교단 쉽게 못 까."

"왜?"

"헌금도 안 받아, 성물들 팔아서 번 돈으로 사회에 기여해, 게이트나 던전 나타날 때마다 그 누구보다 앞서서 싸워. 사람들이 바보도 아니고, 그걸 벌써 잊었을까 봐? 형은 가만 보면 참 무심하다니까."

내 딴에는 내 생각만 하면서 지내 왔다고 생각했는데, 다

우리 교황님 좀
말려 주세요

른 사람들에게는 그렇게만 느껴지진 않았나 보다.

가만히 생각해 보면 그랬다.

대부분의 재정은 각성자들한테 물건을 제값 받고 팔면서
벌어들였다.

의뢰비?

의뢰비 역시 정부나 대형 길드로부터 받았고.

그 돈으로 병원을 세우고, 학교를 세우고, 희생자들에게
지급을 하고.

"아."

우리 교단의 인기는 단순히 던전이나 레이드를 토벌하는
과정에서 생겨난 게 아니었다.

"나는 그냥 리멘이 좋아할 것 같아서 열심히 했는데."

내 중얼거림을 들은 인욱이가 작게 웃더니, 곧 고개를 끄
덕였다.

"우리는 그걸 선행이라고 부르기로 했어요. 뿌린 대로 거
두는 거 아니겠어?"

"그래도 다행이네."

"뭐가?"

"아직까지는 호의를 호의로 받아 주는 사람들이 많은 것
같잖아."

나는 웃으면서 태블릿 PC를 내려놓았다.

그러자 인욱이는 내 등을 슬쩍 후려쳤다.

"말은 똑바로 해야지."

"왜?"

"형이 그들을 호의를 호의로 받아 주는 사람들로 만들어 낸 거야. 내려 치기 좀 그만해."

내려 치기라…….

"네가 형을 올려 치기 하는 건 아니고?"

"동생이 형을 올려 치는 거 본 적 있어?"

"그럴 리가 있나."

형과 동생은 언제나 앙숙인데 말이야.

나는 피식 웃으면서 고개를 끄덕였다.

그리고 내 옆에서 가만히 형제의 대화를 듣고 있던 레오와 루나를 향해 말했다.

"3기 교육생들의 훈련 과정에 대신성력전을 포함시켜."

"대신성력전에서는 역시 그게 중요하죠."

"피지컬 트레이닝을 대폭 강화시키겠습니다."

"그래. 물리, 끝도 없는 물리가 답이야. 그게 우리의 초심이잖아?"

초심으로 돌아가야 할 때다.

우리 앞을 가로막는 것들?

"싸그리 반으로 접어 버리는 거야."

상대가 누구라도 말이야.

초심 되찾기

초심 찾기란 무엇이냐.

그것은 처음의 마음을 되새기는 것.

그렇다면 우리 교단의 초심은 무엇이냐?

그것은 바로…….

"끄아아아아아악!"

물리, 끝도 없는 물리라고 할 수 있겠다.

"성준, 마약 유통, 인신매매, 강도 살인 등등. 저지른 죄가 정말 끝도 없구나."

"교, 교황이라는 새끼가 증거도 없이-."

"증거?"

우드드드드득.

나는 내 앞에서 발버둥 치는 빌런의 팔을 한 바퀴 돌리면서 활짝 미소를 지었다.

"내가 증거다. 이레귤러 특별법에 따른 즉결심판이란다. 꼬우면 변호사 선임해서 고소해."

지나친 고통에 정신이 나가 버린 빌런은 게거품을 문 채로 의식을 잃었다.

나는 그 녀석을 내 뒤에서 대기하고 있던 김 실장에게 던져 주면서 말했다.

"이 친구, 리멘 교단으로 데려가서 잠시 심문을 해도 되겠습니까?"

내 말에 김 실장이 작게 고개를 끄덕였다.

"근래에 들어 너무 무리하시는 거 아닙니까? 빌런들을 처리하는 건 저희 이능관리부에서도 충분히……."

"아, 얘네는 평범한 빌런은 아니거든요."

"……마약 사범이라서 그러시는 겁니까?"

"그런 것도 있긴 한데, 이 녀석들이 대한민국에 들여온 마약이 어딘가로 흘러 들어간다는 이야기를 들었거든요."

우리 교단이 초심을 되찾기로 결심한 지 어언 한 달째.

시간은 진짜 빠르게 흘렀다.

우리 교단의 공식적인 외부 활동은 잠시 중지되었다. 그도 그럴 수밖에 없는 게, 대부분의 전투 인원들이 3기 교육생 훈련에 투입되었기 때문이다.

그렇게 되어 버리니 도리어 간부들의 시간만 여유로워졌다.

레오나 루나도 틈틈이 훈련만 관리하면 되는 상황이라서, 지금처럼 시간이 나면 부지런하게 빌런을 잡으러 다니는 중이다.

"이건 중국에서 들여온 마약입니다. 저희 쪽 정보원들이 입수한 첩보에 따르면, 백명교가 의식에 마약을 사용한다더군요."

최근 들어 대한민국에 유입되고 있는 신종 마약.

기존의 마약과는 사용하는 방법도, 효과도 다르다.

아니, 솔직히 말해서 중독성과 의존성이 강하다는 것 빼고는 마약이라고 부르기 애매하긴 하다.

"마약 이름이 회개라는 것부터가 넌센스죠."

나는 주먹으로 바닥을 깊숙하게 후려쳤다. 그러자 곧 비닐로 포장된 푸른색 가루들이 눈에 보였다.

"회개."

이 녀석이 우리 교단에 보고된 건 불과 2주 전이다.

파악된 바에 따르면 이 녀석의 효과는 딱 하나다.

자신의 죄를 뉘우치고, 신앙을 받아들이게 해 주는 것.

효과만 들으면 마약이 아니라고 생각할 수도 있다. 자신의 죄를 뉘우치고 새사람이 되는 건 아주 긍정적인 효과기도 하니까.

하지만 신앙을 받아들이게 해 주는 것.

그게 문제다.

"오로지 백명교만 믿게 되는 약이죠."

약을 복용하는 순간, 복용자는 오로지 백명교에만 충성하게 된다.

이 약을 복용하는 사람들은 대부분이 죄책감에 몸부림치는 자들이다.

약을 복용하는 순간, 본인들을 괴롭혔던 모든 죄책감에서 해방될 수 있으니까.

그래서 약의 이름이 회개가 아닐까?

"백명교 내부에서 이 약이 유통되고 있다는 증거는 계속해서 확인해 봐야 할 듯합니다."

"리멘 교단 측에서 백명교에 인원을 심어 두신 겁니까?"

"대충 그렇다고 보시면 됩니다."

이단심문관들이 이미 몇몇 백명교 신도들을 포섭해 둔 상황.

직접 침투해서 조사할 수 있다면 좋겠지만, 우리가 백명교 신도들을 알아보는 것처럼, 그 녀석들도 우리를 알아보거든.

그래서 일단 이렇게 유통책들부터 조지고 있는 거다.

"야, 성준아."

나는 회개가 담긴 봉투를 녀석의 앞에 던졌다. 그리고 천천히 다가가서 멱살을 잡아 들어 올렸다.

우리 교황님 좀
말려 주세요

"이 약을 어디서 받아 왔는지, 어떻게 서울까지 들고 왔는지 정확하게 말해야 돼."

그러자 녀석은 냅다 내 다리를 붙잡으면서 빌기 시작했다.

"저도 잘 모릅니다. 신의주, 신의주 기지를 통해 반입했다는 것 말고는……."

"신의주 기지?"

"예, 예! 저는 그냥 서울까지 배달된 약을 고객들에게 유통하는 게 전부입니다. 그리고 마약인지도 잘 몰랐…… 끄아아악!"

콰드드득.

"내 앞에서 거짓말을 하지 말라고 몇 번이나 말했냐. 마약 유통이 업인 놈이 약을 파는데 마약인지 몰랐다고? 너는 이게 문맥상 맞다고 보냐?"

"죄송합니다. 제발…… 제발 살려만 주십시오."

"걱정하지 마. 우리 교단이 그렇게 사람 막 죽이는 곳은 아니야."

안 죽인다는 이야기는 일부러 안 했다.

왜?

교황은 함부로 거짓말을 해서는 안 되니까.

나는 녀석의 머리를 툭툭 건드려 준 다음, 끼고 있던 너클을 벗으면서 말했다.

"김 실장님."

"예, 말씀하십시오."

"백명교가 요새 그 말을 많이 하고 다닌다고 합니다. 구원의 순간. 파괴와 창조의 순간."

모든 사이비들의 특징이기도 한데, 세상이 멸망하고 새로운 세상이 열린다는 말.

백명교 놈들이 요새 적극적으로 밀고 있는 메시지라고 한다.

하지만 백명교는 다른 사이비 종교와는 아주 명확한 차이가 존재한다.

그 새끼들은 사기꾼이나 다름없는 사이비가 아니다.

진짜로 그런 짓을 하고도 남을 놈들이다. 그렇기 때문에 녀석들의 말에는 신빙성이 있다.

"고대 신들이 이미 제3세계 국가들을 비롯한 지역에서 덩치를 키워 나가고 있습니다."

사실상 반으로 갈라진 중국.

우리 교단의 영향하에 있는 남부와는 달리, 중국 북부는 현재 고대 신을 받아들이고 있는 상황이다.

중국 북부를 다 먹어 치우면 그다음은 어디일까?

당연히 중국 남부와 대한민국이다.

테라는 이미 하루에 한 번꼴로 나에게 경고를 날린다. 그녀가 다급해진 걸 봤을 때, 결전의 순간이 그리 머지않았다는 걸 느낀다.

우리 교황님 좀
말려주세요

"눈앞의 위기부터 타개하라는 말이있죠. 일단, 대한민국에서 백명교를 지워 버리겠습니다. 아, 그리고 지난번에 제가 부탁드렸던 명단 혹시 있습니까?"

"뇌물 수수 명단 말씀이십니까?"

"예."

백명교와 결탁해서 백명교를 대한민국으로 끌어들인 자들.

본인의 권력을 위해서, 아니면 이익을 위해서.

각자 다양한 이유가 있었겠지만은 그건 어디까지나 그들의 사정이다.

내가 알 바는 아니잖아.

"자체적으로 조사한 명단이 있습니다. 절반 정도 완성되었지만, 필요하시다면 제공해 드리겠습니다. 그런데 대부분이 야당·의원들이라 정치적 반발이……."

나는 김 실장의 말에 활짝 미소를 지었다. 그리고 부드러운 목소리로 말했다.

"제가 언제 그 사람들을 처리한다고 했습니까?"

"그렇다면 왜 그 명단이 필요하십니까?"

"그냥 신전으로 초대해서 차라도 한잔할까 합니다. 리멘교단의 교황으로서 불철주야 고생하시는 정치인분들과 이야기를 나누고 싶네요."

사람이 가만히 있으니까 아주 가마니로 보는 사람들이다.

이런 경우에는 직접 이야기를 나눠 봐야 묵은 감정도 풀리고, 오해도 풀리고.

그러는 거 아니겠어?

내 말이 뭔가 섬뜩하게 느껴졌던 건지, 김 실장은 떨리는 눈빛으로 나를 바라보았다.

그러더니 마지못해 고개를 끄덕였다.

"……알겠습니다."

오래간만에 신전에 손님을 초대할 시간이었다.

나는 바닥에 널브러져 있는 빌런을 들쳐 업은 다음, 만족스럽게 고개를 끄덕였다.

❖

김 실장이 나에게 제공해 준 뇌물 수수 의원 명단.

나는 그들 중에서 발언권이 센 사람 둘을 골라서 초청을 했다.

사실, 초청할 때까지만 하더라도 그 사람들이 내 초청을 안 받아 주면 어떻게 하나 고민했다.

직접 밤에 움직여서 납치해 올까 생각도 했는데, 다행스럽게도 그 둘은 기꺼이 내 초대를 받아 주었다.

바로 다음 날 만나자고 했는데도 기다렸다는 듯이 수락하더라.

그렇게 해서 다음 날 아침.

"김시우 교황님께서 저희를 직접 초대해 주실 줄은 몰랐습니다."

"평소에 저희한테 따로 연락이 없으시길래, 저희와의 관계는 아예 포기하신 줄로만 알았지 뭡니까?"

"하하하!"

"하하!"

그 어느 때보다 깔끔하게 정돈된 내 집무실에는 양복을 입은 두 남자가 자리에 앉아 있었다.

야당 대표 김석훈 의원, 그리고 그의 오른팔이라고 불리는 석대만 의원.

저 중 김석훈 의원은 차기 대통령 후보라고 불리는 인물이다.

서신우 대통령이 현재 유선호 장관님을 여당 대통령 후보로 밀고 있으니, 잠재적인 경쟁자 되시겠다.

둘 다 정치 경력이 20년은 가뿐히 넘어가는 귀신들이기도 했다.

나는 웃으면서 차를 한 모금 목으로 넘겼다. 그리고 김석훈 의원을 바라보며 말했다.

"지난번 부산에서 불미스러운 사건 이후로 제가 따로 챙겨 드리지 못한 것 같아서 마음이 무겁네요."

부산에서 우리 교단을 사칭했던 이들을 정치인들이 뒤를

봐줬던 사건.

그 사건으로 인해 정치판에서 내 악명이 빠르게 돌았다고
한다.

여당 쪽은 대통령이 알아서 달래기는 했는데, 그에 비해
야당 쪽에서는 이래저래 불만이 쌓였을 거다.

그리고 그 불만으로 인해 결국 저들이 백명교를 불러들인
거고.

원래 정치란 게 그렇다.

달면 삼키고, 쓰면 뱉고.

"그동안 제가 많이 신경 못 써 드렸습니다. 그 점에 대해
서 사과를 드리고자 이렇게 모셨습니다."

내 말에 석대만 의원이 손을 내저으며 웃었다.

"그럴 리가요. 이렇게 불러 주신 것만으로도 저희는 행복
합니다. 그렇지 않습니까, 대표님?"

"그렇지요. 우리 김시우 교황님께서는 대한민국의 영웅이
지 않습니까? 영웅께서 이리 찾아 주시니, 이 늙은 사람은
그저 기쁠 따름입니다."

확실이 야당 대표는 야당 대표라고 할까?

석대만 의원에 비해 김석훈 의원은 뭔가 무게감이 느껴졌
다. 유선호 장관과 비슷하면서도 달랐다.

나는 그들에게 가볍게 차를 권했다.

"성지의 정원에서 따 온 국화를 성수를 통해 우려낸 차입

니다. 혈액순환에 좋습니다."

"귀한 차로군요."

"감사히 마시겠습니다."

그들은 내 말에 따라 차를 들이켰다.

우리 교단에서 차에 대해 가장 빠삭한 라파르트 대주교가 직접 우려낸 차기도 했으니, 저들의 입맛에 딱 맞을 터였다.

"오늘부터 제가 여러분들에게도 깊은 관심을 가질까 합니다."

"아주 듣기 좋네요."

"그동안 리멘 교단이 대통령님과 여당 쪽만 챙기시는 것 같아서 살짝 섭섭해질 지경이었습니다."

살짝 섭섭하신 건 아닌 것 같던데?

살짝 섭섭하다는 사람들이 백명교를 끌어들여?

나는 애써 미소를 지었다. 그리고 가볍게 박수를 쳤다.

"여러분들과 진지하게 논의할 사안도 미리 준비를 해 두었습니다. 다들 시간 괜찮으십니까?"

내 질문에 김석훈 의원이 천천히 고개를 끄덕였다.

"물론입니다. 오전 일정은 전부 비우고 왔습니다."

"다행이네요."

곧이어 레오가 집무실 안으로 들어섰다.

레오의 손 위에는 서류들이 있었는데, 나는 레오를 향해 고개를 끄덕였다. 그러자 레오는 곧바로 의원들의 앞에 그

서류를 내려놓았다.

"여러분들에게 너무 소홀했던 점, 다시 한번 사과드리겠습니다. 그래서 지금부터라도 여러분들께 많은 관심을 드릴까 합니다. 천천히들 읽어 보세요."

"흐음."

두 의원들은 서류를 읽기 시작했고, 나는 부드럽게 미소를 지으며 그들의 표정을 들여다보았다.

서류를 읽어 갈수록 그들의 표정이 점점 흙빛으로 바뀌어 갔다.

"······교황님, 이건."

"보시다시피 백명교 측으로부터 뇌물을 받은 의원들의 명단입니다."

대한민국뿐만 아니라 미국, 일본의 정보기관으로부터 받아 냈던 정보들.

3개국의 교차 검증까지 끝낸 상태이니, 신뢰성이 아주 높은 정보라고 할 수 있겠다.

"김석훈 의원님께 제가 직접 보여 드리고 싶었습니다. 이능관리부의 김동식 실장으로부터 듣기로는, 의원님께서는 평생을 깨끗하게 살아오신 분이라고요."

김 실장은 이 사람이 개인적으로 존경하는 정치인 중 한 명이라는 이야기도 했지만, 이 상황에서는 굳이 필요 없는 이야기였다.

그에 반해 반대쪽에 앉아 있는 저 석대만 의원.

그의 얼굴은 어느새 잔뜩 붉게 물들어 있었다.

석대만 의원은 탁자를 치며 자리에서 일어났다. 그리고 나를 노려보면서 말했다.

"이건 모함입니다! 김시우 교황님께서 야당에 화해의 손길을 내미시려고 부른 줄 알았는데, 정권의 앞잡이 노릇을 하며 야당을 탄압하기 위해서 부르셨군요. 대표님! 더 이상 가만히 지켜볼 수 없겠습니다. 당사에 돌아가자마자 당장 언론에……."

"앉아."

"……뭐라고 하셨습니까?"

"앉으라고. 처뒈지기 싫으면."

백명교를 쉽게 무너뜨리려면 일단 정치권과의 결탁부터 잘라 내는 게 좋다.

그리고 우리 교단은 적어도 그 부분에 있어서만큼은 당당했다.

정치권에 돈을 뿌린 적도, 뿌리려고 했던 적도 없으니까.

"특히 석대만 의원님께는 제가 신전의 지하실을 소개해 드릴 예정입니다. 지하실 좋아하십니까?"

"내가 좋아할 리가 없……."

나는 찻잔에 남은 차를 마저 목으로 들이켰다. 그리고 손으로 입을 닦아 낸 다음, 입꼬리를 비릿하게 올리며 말했다.

"이제부터는 좋아하게 될 거야. 걱정하지 마."

❧

석대만 의원이 레오에 의해 지하실로 향하게 되고, 집무실에는 나와 김석훈 의원만이 남게 되었다.

나는 라파르트 대주교가 다시 따라 준 국화차를 여유로운 표정으로 들이켰다. 그리고 은근한 눈빛으로 김석훈 의원을 바라보았다.

김석훈 의원은 여전히 뇌물 수수 명단에서 눈을 못 떼고 있었다.

무슨 생각을 하고 있는 걸까?

나에게 어떤 변명을 할지 궁리하고 있는 걸까?

그에게도 생각할 시간은 충분히 주고 싶었다.

솔직히 말하자면, 어디까지 가는지를 보고 싶었다.

하지만 잠시 후, 그의 입에서 나온 말은 내가 예상했던 것과 사뭇 달랐다.

"변명하지 않겠습니다. 이 모든 것이 당을 제대로 관리하지 못한 제 탓이겠지요."

그의 입에서 튀어나온 건 변명도, 그렇다고 분노도 아니었다.

목소리 끝이 떨리는 걸 봐서는 분명 치욕감을 느끼고 있는

우리 교황님 좀
말려 주세요

것 같았다. 하지만 그가 느끼는 치욕감은 나로부터 기인한 것이 아니었다.

"제 자신이 부끄럽습니다. 이런 상황에서 제가 아무것도 모르고 있었다고 한다면…… 그건 거짓말이자 말도 안 되는 궤변일 겁니다."

그는 구차한 변명을 하지 않고 자신의 잘못을 인정했다.

그러나 그의 말은 틀렸다.

나는 김석훈 의원의 눈을 바라보면서 말했다.

"저는 그렇게 생각하지 않는데요."

"……예?"

"김석훈 의원님께서는 모르셨을 거라고 생각합니다. 사실, 유력한 대선 후보시기도 하지만…… 사실상 지금은 이빨 빠진 호랑이시잖아요."

내가 오늘 김석훈 의원 말고도 석대만 의원까지 불렀던 이유.

그것은 바로 석대만, 그놈이 현재 야당 최대 계파를 이끌고 있는 수장이었기 때문이다.

애초에 김석훈 의원은 비주류 출신이었거든.

내 말이 충분히 모멸적으로 느껴질 수 있었음에도 불구하고 김석훈 의원은 그저 쓸쓸하게 미소를 지을 뿐이었다.

"교황님께서는 정치에 관심이 아예 없으신 줄로만 알았는데, 아주 많은 걸 알고 계시는군요."

"저는 딱히 관심 없는데, 알고자 하면 충분히 알 수 있었습니다. 제 부하 직원들이 상당히 유능한 편입니다."

그 정도 정보를 알아내는 건 정말 쉬운 일이었다.

김 실장으로부터 정보를 제공받아도 되는 거였고, 라파르트 대주교가 이쪽으로 아주 빠삭한 상태다.

라파르트 대주교는 에덴에서도 교황청의 외교를 담당했었기에, 대한민국의 정치에 대해서도 관심이 아주 많았다.

나는 천천히 이야기를 이어 나갔다.

"그 명단을 보시면 여당 쪽 의원도 다수 포함되어 있습니다. 명단이 발표될 경우, 피해를 입는 건 야당뿐만은 아닐 겁니다."

"그렇다면 이 명단은 대통령님께서도……."

"먼저 확인하셨죠. 아마 지금쯤이면 여당도 자체적으로 조사에 나서고 있을 겁니다. 썩어 문드러지기 전에 잘라 낼 계획이겠죠."

김석훈 의원은 침음성을 흘리면서 명단을 내려놓았다.

그리고 두 손으로 얼굴을 쓸어내렸다.

"교황님께서 제게 원하시는 게 무엇입니까?"

정치인들은 이런 게 참 좋다.

대충 둘러 말해도, 내가 무슨 말을 하고 싶은지 눈치챈다.

이 바닥에서 굴러먹으면 다 저렇게 되는 걸까?

"김석훈 의원님께도 잘못이 아예 없는 건 아닙니다. 밑의 사람들이 잘못된 길을 걷는 걸 막지 못한 것. 리더로서 당연히 짊어지셔야 하는 책임입니다."

"알고 있습니다."

야당이 무너지는 것?

그런 그림은 내가 원하는 것이 아니다.

애초에 정치와 종교는 분리되어야 한다는 게 내 여전한 신념이다.

리멘도 그런 모습을 바랄 것이다.

하지만 지금처럼 어쩔 수 없이 개입해야 하는 경우에는 최소한의 조치로 해결해야만 한다.

썩어 들어간 부위를 스스로 도려내게 만드는 것.

지금 나는 김석훈 의원에게 그 '기회'를 제공해 줄 생각이었다.

"제안을 드리기 전에 백명교가 바라는 게 무엇인지 보여드리겠습니다. 잠시 실례."

나는 의자에서 일어나 그에게 다가갔다.

그리고 회색빛 신성력을 끌어올린 후, 김석훈 의원의 몸속으로 흘려 넣었다.

그러자 잠시 후.

"크으으."

김석훈 의원이 눈을 질끈 감은 채로 신음성을 애써 삼켰다.

내 신성력이 그에게 내가 본 것들을 보여 주고 있다.

지금까지 백명교가 벌여 왔던 짓들.

지난번 초대형 S급 게이트부터 시작해서, 그들이 나에게 들려주었던 목소리들.

거기에 테라가 나에게 보여 주었던 일부 미래까지.

이건 내가 펜리르를 흡수하면서 얻게 된 능력 중 하나였다.

내 신성력을 통하여 상대방의 정신을 나와 일순간 동조시킬 수 있는 능력.

"아아."

김석훈 의원은 다시 눈을 떴고, 떨리는 표정으로 나를 바라보았다.

그는 한참 동안 말을 잇지 못했다.

아마도 나에게 무슨 질문을 할지 머릿속으로 고르는 모양새였다.

그렇게 얼마나 시간이 흘렀을까?

그가 힘겨운 목소리로 나에게 말했다.

"저희가 저 괴물들을…… 이 땅 위로 다시 끌어들인 겁니까?"

"정신력이 대단하시네요."

보통 일반인이면 방금 내가 보여 준 것들을 보자마자 기절했을 텐데.

정말 초인적인 정신력이다.

나는 고개를 천천히 끄덕였다.

"그런 셈이죠."

"어째서…… 어째서 저런 끔찍한 것들을……."

"그들은 잘 몰라서 그러는 겁니다. 권력욕에 눈이 멀게 되면 쉽게 보이는 것도 안 보이기 마련이니까요. 뭐…… 이건 어디까지나 제 추측입니다. 자세한 건 지금부터 알아 가 봐야죠."

백명교가 단순히 뇌물만 뿌려서 여기까지 온 건 아닐 거다.

아마 정치인들 일부는 백명교의 신도라거나, 그들에 의해 강제로 개종당했을 것이다.

우리는 그 지점부터 빠르게 파고들 생각이다.

석대만 의원을 구금한 것도 그 때문이고.

나는 김석훈 의원을 향해서 나지막한 목소리로 말했다.

"서 대통령님께서 말씀하시더군요. 김석훈 의원님은 걸어온 길은 다르지만, 반드시 인정받아야 할 정치인이라고. 의원님께는 제가 충분한 시간을 드리겠습니다. 잃는 게 많은 싸움이 되겠지만, 그래도 모든 걸 잃는 것보단 낫지 않겠습니까?"

그가 어떤 선택을 내릴지는 두고 봐야 알겠지만, 그래도 잘못된 선택을 내릴 것 같지는 않았다.

진실을 보고서도 외면할 사람처럼은 안 보이거든.

여태까지는 그의 눈앞을 가리는 사람들이 너무 많았을 뿐이다.

그 그림자를 모두 걷어 냈을 때, 이 사람은 어떤 그림을 그려 나가게 될까?

개인적으로 궁금하긴 했으나 잠시 그 궁금증은 접어 두기로 했다.

"그럼 남은 차는 천천히 들고 돌아가세요. 라파르트 대주교, 김석훈 의원님과 논의하고 싶었다는 사안들, 적극적으로 논의하도록 하세요."

"알겠습니다, 성하."

이제 김석훈 의원은 라파르트 대주교에게 넘겨주도록 하고.

나는 슬슬 메인 디시를 먹으러 가야겠다.

지금쯤이면 잔뜩 공포에 질려 있으려나?

⚜

잠시 후, 신전의 지하 심문실.

"내가 오해를 했네, 오해를 했어."

나는 심문실 가운데에 위치한 의자에 묶여 있는 석대만을 바라보면서 혀를 찼다.

지금쯤이면 공포에 질려서 벌벌 떨고 있을 거라고 생각했건만, 역시 인간은 참 재밌다.

　"야당의 국희위원을 이렇게 강제로 구금하고서도 네놈들이 무사할 것 같은가! 조작 여부도 확실하지 않은 명단으로, 감히 우리를 구금해? 국회의원 임기 중에 이렇게 우리를……."

　"혐의점이 존재하는 범죄자일 경우, 이레귤러들은 스스로 판단하여 수사를 진행한다. 수사 대상에서 제외되는 건 대통령, 국회의장, 대법원장과 헌법재판소장뿐이다……라고 이레귤러 특별법에 명시되어 있을 텐데?"

　나는 천천히 녀석에게 다가가서 턱을 움켜쥐었다. 그리고 비릿하게 웃으면서 말했다.

　"어디 일개 국회의원 따위가 이레귤러한테 목소리를 높여? 나한테 이런 권한을 주는 법안을 통과시켜 준 것도 너희였잖아."

　나쁜 놈들은 자고로 이래야지.

　아주 끝까지 뻔뻔한 게 보기가 좋았다.

　"네가 이끄는 계파가 야당 최대 계파라면서? 그래서 그런가, 그 명단에 가장 많이 이름이 들어 있는 게, 여당 야당 통틀어서 너희 계파였어."

　"우리 뒷조사를……."

　"아, 어두워서 잘 안 보였나? 레오야, 불 좀 켜라."

"예."

레오는 내 말에 따라 심문실의 조명을 켰다.

그러자 곧 심문실 구석에 피를 떡칠한 채로 누워 있던 한 남자가 꿈틀거렸다.

나나 레오는 어두워도 잘 보이긴 했었다만, 석대만에게는 갑자기 누군가 등장한 것처럼 보였을 것이다.

"허어어어억."

피로 물든 그 남자를 보고 나서야 석대만의 기세가 누그러진다.

그도 그럴 수밖에 없는 게 그 남자의 상태가 영 좋지 않았기 때문이다.

"아, 이거 실례. 저거 살짝 치료 좀 해 줘. 손님한테 좀 잘해 드리지 그랬냐?"

"죄송합니다. 녀석이 영 입을 열지 않았습니다."

저 남자의 정체는 내가 직접 잡아 온 마약상 성준.

백명교의 마약인 '회개'를 유통하다가 잡혀 들어온 범죄자 녀석이었다.

레오는 성준을 적당히 치료해 줬다.

그러자 곧 녀석의 정신이 돌아왔고, 성준은 깨어나자마자 비명을 내지르면서 소리쳤다.

"제발! 아는 거 다 말씀드렸어요. 제발…… 차라리 그만…… 그만 치료해 주십쇼. 제발…… 아니면 교도소. 그, 그래! 교도소라도 보내 주세요."

차라리 교도소로 보내 달라고 애원하는 성준.

레오가 어떤 방식으로 심문을 했는지 잘 알 수 있었다.

"필요한 정보는 다 뽑았어?"

내 질문에 레오는 천천히 고개를 끄덕였다.

"유통책에 불과했던 놈이라 가지고 있는 정보가 많지는 않았습니다. 충분히 정보를 뽑아냈다고 봅니다."

"그러면 경찰 측에 넘겨."

"이대로 넘깁니까?"

"팔다리 하나씩 정도 불구로 만들면 괜찮지 않을까?"

"알겠습니다."

레오는 성준을 자루처럼 끌면서 심문실 밖으로 나섰고, 그렇게 이 심문실 안에는 나와 석대만 단둘이 남게 되었다.

아까까지만 하더라도 길길이 날뛰던 석대만의 기세가 한풀 꺾여 있었다.

아니지. 한풀 정도가 아니라, 그냥 잔뜩 위축되어 있었다.

본인의 눈으로 참혹한 현장을 목격했으니 제정신일 수는 없을 것이다.

"이제 이야기가 좀 통하려나."

구석에서 의자 하나를 끌어와서 석대만과 마주 앉았다.

그러자 약간 지린내가 올라온다.

"오줌까지 싸셨어?"

"나, 나도 저렇게 만들…… 생각……이십니까?"

"갑자기 존대로 돌아오셨네. 저놈은 마약 판매상이었어. 당신과는 죄질부터가 다르지."

"다행…….'"

"다행일 것까지야. 죄질은 당신이 더 나쁘다는 걸 말해 주려는 거야. 저놈은 기껏해야 마약쟁이들에게 약을 유통한 거지만, 당신은 달라. 괴물들을 이 땅에 들여오게 만든 일등 공신이거든."

정치, 언론 등 본인이 동원할 수 있는 수단을 적극적으로 동원하여 백명교에 대한 우호적인 여론을 조성했던 주동자 중 한 명.

이 모든 것들이 권력에 눈이 멀어서 저지른 짓들이다.

"모든 게 무의미해질 텐데 권력이 도대체 무슨 의미가 있겠어."

권력을 손에 넣으면 뭐 해.

권력을 누릴 세상이 없어지고 나서는 하등 쓸모없는 건데.

그럼에도 그런 멍청한 짓을 할 수 있는 게 바로 인간이다.

나는 석대만의 눈을 똑바로 바라보았다.

"간단한 질문부터 시작할게. 백명교와 처음 접선했던 때가 언제야?"

심문을 시작했다.

녀석이 답변하기 가장 쉬운 질문부터 건넸다. 그러나 석대만은 여전히 입을 다물고 있었다.

다리를 떠는 걸 봐서는 무섭긴 하지만, 아무래도 더 무서운 존재가 있나 보다.

백명교에 돈만 받은 게 아니었군.

녀석들이 협박을 거들었던 걸까?

뭐, 이렇게 비협조적이라면 나도 어쩔 수가 없지.

"다시 한번 묻는다. 석대만, 백명교와 처음 접선했었을 때가 언제지?"

여전히 묵묵부답.

석대만은 몸을 덜덜 떨면서도 고개를 세차게 가로저었다.

"그걸 말해 버리면 나는 죽을 거야. 진짜, 진짜 죽을 거라고."

"무서워서 대답을 못 해 주겠다는 건가?"

"너는 몰라…… 너는 그들이 얼마나 무서운 놈들인지 아무리 말해도 몰……."

"좋아."

아무래도 아직 심문에 제대로 임할 준비가 안 된 것 같다.

나는 어깨를 으쓱인 다음, 주저 없이 석대만의 어깨를 잡았다.

그리고 그것째로 어깨를 함몰시켜 버렸다.

콰드드드득.

뼈가 부스러지는 소리와 함께 석대만의 비명 소리가 울려 퍼졌다.

"끄아아아아악!"

고통에 몸부림치는 석대만.

나는 그런 석대만의 귓가에 나지막하게 속삭였다.

"나는 너를 안 죽일 것 같아?"

⁂

"그래그래, 그러니까 저 명단에 있는 의원들이 전부 맞단 말이지?"

"예, 예."

"뇌물 안 받겠다고 버티던 사람들에게는 백명교에서 사람을 보내서 협박했고?"

"예, 예 그렇습니다."

"스스로 앞잡이 노릇을 했던 놈들. 네가 생각하기에 죄질이 특별히 나쁜 놈들, 여기 표시되어 있는 인원들이 맞지?"

"물론입니다. 단 한 치의 거짓도 없습니다!"

"한번 믿어 본다."

나는 석대만의 등을 두드리면서 만족스럽게 고개를 끄덕였다.

처음 반항 이후로 석대만의 심문은 아주 무난하게 흘러갔다.

고통에 대한 내성은 약한 놈이었다.

배짱을 부렸던 것과는 별개로, 몇 번 손을 봐 주니 쉽게 입을 열더라.

게다가 심문의 질 또한 아주 마음에 들었다.

왜냐고?

"네가 스스로를 앞잡이라고 말했으니, 너 한번 믿어 본다."

"제, 제가…… 누구 안전이라고 거짓말, 예? 거짓말을 하겠습니까."

이 녀석이 '앞잡이'에 자기 자신도 포함을 시켰기 때문이다.

보통 자기 이름은 최대한 빼 두려는 경향을 보이는데 말이지.

이 녀석은 뭐 그런 거 없다.

간이고 쓸개고 다 내줄 기세다.

거기에 욕심도 많은 녀석이니, 이런 녀석이 백명교에 넘어갔던 건 어찌 보면 필연일지도 모르겠다.

"진작에 이렇게 순순히 말해 줬으면 서로 얼굴 붉힐 일 없고 좋았잖아. 안 그래?"

"뼈저리게 후회하고 있습니다. 다시 한번 죄송합니다."

"후회하는 것만으로는 부족해."

나는 다시 의자에 앉으면서 고개를 끄덕였다. 그리고 석대만을 바라보았다.

석대만은 화들짝 놀라면서 시선을 옆으로 회피한다.

효과 한번 확실하군.

마음에 든다.

"백명교를 대한민국으로 다시 들여온 죄는 그렇게 쉽게 씻을 수 있는 게 아니야. 수많은 사람을 혼돈으로 밀어 넣었으니, 그 죄가 결코 가볍지 않다."

내 말에 석대만이 말을 더듬으며 답했다.

"그러……면, 제가 어떻게 죄를……."

"정치인들이 아주 잘하는 거 있잖아?"

"무슨……."

"내가 지금 무엇을 원할까? 너라면 쉽게 눈치챌 것 같은데, 아닌가?"

석대만은 재빠르게 머리를 굴리기 시작한다.

이 상황에서 내가 가장 원하고 있을 대답을 필사적으로 찾아낸다.

"기자회견. 바로 기자회견을 열어 대국민 사과를 하겠습니다."

역시, 짬은 무시할 수가 없다.

딱 내가 원하는 대답이었다. 하지만 2% 부족하다.

"대국민 사과가 끝이야?"

"제가 직접 이 명단을 발표하겠습니다! 그래야 제가 저지른 죄악을 조금이라도……."

"바로 그 자세야."

역시, 눈치가 빨라.

구태여 압박할 필요도 없이 알아서 해답을 도출해 내는 석대만.

나는 그런 석대만을 향해서 싱긋 미소를 지었다.

"이렇게나 이야기가 잘 통하는 사이인데 말이야. 이런 걸 보고 이심전심이라고 하지?"

"그렇습니다! 바로 그렇습니다!"

"백명교의 보복은 내가 잘 막아 줄게. 대국민 발표를 하고 나서, 가족들을 데리고 성지에서 잠시 지내면 돼. 그리고 내가 백명교를 다 청소하면 그때, 그때는 교도소로 가고."

교도소라는 말에 흠칫하는 석대만.

"아니면 계속 이곳에 갇혀 있든가."

"아닙니다. 아닙니다! 죄를 저질렀으면 당연히 벌을 받아야지요."

"좋아."

백명교가 대한민국에 돌아왔던 방법 그대로 한 방을 먹여 준다.

이것이 내가 세운 원칙이다.

"여당 쪽은 이미 준비가 다 끝났어. 이참에 여야 합동 기자회견으로 발표하는 게 어떨까?"

이건 권유가 아니다.

명령이다.

그리고 그걸 잘 알고 있는 석대만은 고개를 대차게 끄덕였다.

"예!"

"마음에 들어."

백명교와 정치권이 얽혀 있는 엄청난 스캔들.

백명교가 급속도로 교세를 확장해 나가는 원동력이었던 그것을, 대국민 발표를 통해 까발린다.

녀석들의 몰락은 이 지점부터가 시작이다.

"기자회견은 지금으로부터 4시간 뒤."

"4, 4시간 뒤?"

"백명교 놈들에게 대응할 시간을 주어서는 안 되니까. 김석훈 의원은 아마 라파르트 대주교가 설득을 하고 있을 거야. 여당 쪽에는 방금 전에 연락 넣어 뒀으니까 걱정하지 말고."

대한민국을 뒤흔드는 초유의 스캔들이 될 거다.

백명교 게이트라고 불리기에 충분한 사건.

하지만 이건 단순히 시작에 불과할 뿐이다.

나는 이 나라에서 백명교의 모든 걸 지워 낼 것이고, 그대로 밀어낼 것이다.

고대 신 놈들이 전 세계 각지에 현신하고 있는 지금.

최소한의 안전지대라도 확실히 확보해야만 한다.

우리교황님좀
말려주세요

"보니까 평소에도 기자들이랑 친하게 지내던데…… 잘할 수 있지?"

그러자 석대만이 간절하게 고개를 끄덕였다.

"믿어 주십시오! 이 석대만이, 이름 세 글자를 걸고 약속 드리겠습니다!"

"패기 좋네."

석대만은 백명교에 대한 두려움을 진득하게 품고 있었다.

살면서 자기밖에 모르던 인간. 성공을 위해서 무슨 짓이든 지 해 오던 악인에게서 그 두려움을 거두어 내려면 방법은 딱 하나뿐이다.

더 큰 두려움을 심어 주는 것.

여기에서 더 악해지면, 내가 직접 심판을 내릴 수도 있다 는 것.

누군가는 악인을 직접 심판하겠다는 나를 보고 오만하다 고 할 수 있겠으나, 솔직히 말하면 딱히 상관 안 한다.

나쁜 놈들은 벌을 받아야지.

그래도 이번에는 죄를 조금이나마 씻을 수 있는 기회를 줬 다.

이 정도면 충분히 관대하지 않나?

"이따가 기자회견에 나가야 하는데 상처가 좀 많네."

나는 석대만의 몸에 새겨진 상처와 멍 들을 보면서 천천히 고개를 끄덕였다.

·

이래서는 안 되지.

누가 보면 내가 고문이라도 한 줄 알겠어.

우우우우웅.

신성력을 끌어올려서 외부로 드러난 상처와 멍을 치료해 주었다.

"됐다."

특별히 옷에 묻은 피도 정화시켜 주었고, 석대만은 심문실에 들어오기 전의 상태로 되돌아왔다.

말끔한 신사.

나는 그의 몸 상태를 확인한 다음, 만족스럽게 고개를 끄덕였다.

"이 정도면 충분하겠다. 그렇지?"

"……예, 예."

"그런데 왜 아까부터 몸을 자꾸 떨어. 그러다가 복 날아간다?"

"안 떨도록…… 하겠습니다."

"누가 보면 치료하고 계속 패고, 또 치료한 줄 알겠다. 내가 너한테 정말 그렇게 했어?"

그 질문에 석대만이 눈을 질끈 감으면서 소리쳤다.

"아닙니다! 교황님께서는 저에게 제가 저지른 죄를 알려주셨을 뿐입니다!"

"바로 그거야."

이거 아주 갱생시킨 보람이 있는 사람인걸.

이렇게 해서 백명교에 한 방 먹일 준비는 끝났다.

이제 남은 건 팝콘을 먹으면서 백명교의 반응을 지켜보는 것뿐.

나는 석대만의 등을 두드리면서 흡족하게 고개를 끄덕였다.

❧

그로부터 4시간 뒤.

대한민국 국회가 비상소집 되었으며, 그 소집의 결과가 곧바로 기자회견을 통해서 발표되었다.

["……이상 72명의 의원들은 백명교로부터 뇌물을 비롯한 각종 특혜를 제공받았으며, 이에 대한 대가로 그들에게 유리하도록 의정 활동을 펼쳤습니다. 대한민국 국회는 아직 자정 기능이 있다는 것을 국민 여러분들께 증명하기 위하여 해당 명단을 발표하였습니다."]

여론이 어땠냐고?

당연히 불타올랐다.

〈대한민국 사상 초유의 종교 스캔들!〉

〈대한민국, 신정 국가로 향하고 있었던 것인가?〉

〈정치계와의 연관을 최대한 피했던 리멘 교단, 정치계를 집어삼키려고 했던 백명교. 종교의 빛과 그림자〉

〈서신우 대통령, '이번 국회의 발표에 크나큰 상심과 무거운 책임감을 느낀다. 이번 기회를 통해 더 건강한 대한민국 국회가 되기를 기원한다.'〉

백명교라는 새로운 거대 종교 집단의 등장으로 안 그래도 정신없던 대한민국에 던져진 새로운 화두.

정치와 종교.

원래부터 떼려야 뗄 수 없던 두 집단의 스캔들 소식에 대한민국은 순식간에 뒤집어졌다.

백명교 쪽에서는 우리가 이렇게까지 과감하게 움직일 거라고 예상하지 못했는지, 쉽사리 답을 내놓지 않고 있었다.

덕분에 인터넷에서 장작은 활활 불타올랐다.

[제목: 리멘 교단 시즌 13213146호 재평가]

내용: 백명교가 뇌물을 뿌리고 다닐 때, 묵묵히 그들을 지켜보면서 선행을 이어 나갔던 리멘 교단. 그저 ─리멘─…… 오늘도 신전에 가서 기도드리고 와야지.

─리멘 교단도 진짜 대단하긴 함ㅇㅇ 저 정도 덩치면 부패할 법하지도 않나?

─교황 성하와 누나랑 폴더좌를 생각해 보셈. 그 사람들이

버티고 있는데 부정부패를 저질러? 신종 자살법 아닐까?

　└차라리 온몸에 꿀 바르고 벌통을 쑤시는 게 나을 듯ㅋㅋ

　└악성 리까들 사라진 거 봐ㅋㅋ

　─이게 그 치타는 웃고 있다, 뭐 그런 거냐?

　└리멘님은 항상 웃고 계십니다, 형제님. 이번 기회에 리멘님을 영접하시는 건 어떨까요?

　이때다 싶어서 리멘 교단을 까 내리던 사람들도 전부 이번 떡밥을 물어 버렸다.

　인터넷 곳곳에서 백명교를 향한 비난이 이어졌고, 백명교를 옹호하던 언론사들은 성난 군중의 테러에 시달리게 되었다.

　이번 사태로 가장 신난 곳?

　그건 누가 보더라도 세종일보였다.

　특히, 우리 교단의 신도이기도 한 서 기자는 쉴 새 없이 기사들을 찍어 내기 시작했다.

〈돌고 돌아서, 다시 리멘!〉

〈리멘 교단이 지금까지 숨겨 왔던 선행들〉

　거의 공장처럼 기사를 찍어 내기 시작한 서 기자.

　그는 뜨거운 신앙심을 증명하기라도 하듯, 쉴 새 없이 기사를 썼다.

"여론이 단번에 잡혔습니다."

레오는 인터넷 반응을 살피면서 슬며시 미소를 지었다.

레오가 저렇게 웃는 건 진짜 오랜만에 본다. 우리 교단을 욕하는 사람들이 있다는 게 근심이었던 걸까?

"이제 시작인데 뭐."

우리가 준비한 건 이것뿐만이 아니다.

백명교에서 비밀리에 유통하고 있는 마약 '회개'.

이 약에 대한 증거까지 확보된다면, 추가타로 먹여 줄 생각이다.

녀석들이 다시는 일어설 수 없게 말이다.

다만, 한 가지 마음에 걸리는 게 있다.

"개신교와 불교 쪽에서 백명교를 통해 각성자들을 확보했는데, 그들에 대한 정보는 아직까지 없어?"

"이단심문관들을 동원하여 정보를 조사하고 있습니다만, 다소 시간이 걸릴 것 같습니다."

"느낌이 안 좋아."

백명교가 정치 쪽에는 뇌물을 비롯한 수단으로 접근했다고 한다면, 기성종교 쪽에는 힘이라는 달콤한 과일을 통해 접근했다.

솔직히 말하자면 그게 지금 상황에서 가장 큰 변수다.

기성종교로 섞여 들어간 백명교의 세례자들.

과연, 그들을 믿어도 될까?

"차라리 물고기를 앞에 둔 고양이를 믿겠다."

그들 역시 언젠가 문제를 일으킬 것이다.

나는 턱을 쓰다듬으면서 미간을 살짝 찌푸렸다.

"그래도 일단 백명교 쪽에 한 방 먹인 건 확실······."

우우우웅.

그때였다.

책상 위에 올려 둔 스마트폰에 진동이 울렸다. 저장되어 있지 않은 번호로 걸려 온 전화였다.

"여보세요."

전화를 받자 곧 전화기 너머로 익숙한 목소리가 들려왔다.

─리멘 교단의 선물은 잘 받았습니다, 김시우 교황님. 너무 귀한 선물이라 몸 둘 바를 모르겠군요.

어린 소녀의 앳된 목소리.

그 목소리의 주인이 백명교의 대교구장이라는 걸 단번에 알아차릴 수 있었다.

"뭘 좋아할지 몰라서 넉넉하게 넣어 뒀어. 어때, 마음에 들어?"

─당신으로 인해 대한민국은 혼란에 뒤덮이게 될 것입니다.

"나 때문이 아니지. 처음부터 너희가 중국 북부로 만족했으면 일어나지도 않았을 일이야."

―리멘 교단의 입장은 충분히 알겠습니다. 이에 맞춰서 저희도 선물을 준비할 테니, 기대해 주시길 바랍니다.

"선물은 언제든 환영이다. 내가 만족할 만한 선물을 준비해 줬으면 하는데, 감당이 되려나?"

―섭섭치 않게 챙겨 드리겠습니다.

"그래."

온 힘을 다해 들어와 봐라.

그래야 깨부수는 맛이 있을 테니까.

나는 전화기 너머로 비웃음을 흘려보냈다.

폭탄 처리반

"교황니이이임!"

"안녕하세요오!"

"교황님이다아아!"

성지 인근에 새롭게 설립된 우리 교단의 직속 보육원.

나는 나를 반갑게 맞이해 주는 아이들의 머리를 쓰다듬어 주면서 미소를 지었다.

"잘들 지냈어?"

이곳에는 다양한 국적의 어린아이들이 지내고 있었다.

지난번 단동에서 데리고 왔던 어린아이들부터, 예전에 정화자들에게 팔려 갈 뻔했던 국내의 어린아이들까지.

모두가 사랑스러운 어린아이들이다.

비극으로 인해 부모님을 잃었지만, 이 아이들까지 비극적인 최후를 맞이해서는 안 되는 거다.

어린아이들이 비극적인 최후를 맞는 세상에는 희망이란 없으니까.

우리가 지금까지 지켜 온 이 아이들이야말로 내가 지금 옳은 길을 걷고 있다는 증거였다.

"다들 얼굴이 좋아 보이네."

나는 웃으면서 아이들을 둘러보았다.

지난번에 단동에서 데려온 아이들에게서는 미약하게나마 내 신성력이 느껴진다.

그 이유는 아마 녀석들을 구하는 과정에서 내가 녀석들을 권속으로 거두었기 때문이리라.

리멘의 신성력이 아니라 나의 신성력을 받은 아이들.

그러나 그들 중에서 눈에 띌 만큼 두각을 드러내는 아이는 아직까지 없었다.

하긴.

승우나 시연이의 경우가 특별한 거지, 원래라면 이 정도가 정상이다.

"다들 학교는 잘 다니고 있지?"

"네에!"

"그래, 학교에서 괴롭히는 사람들은 없고?"

"시연 언니 덕분에 엄청 편해요!"

"맞아요. 시연 누나가 항상 챙겨 줘요!"

"⋯⋯시연이가?"

내가 모르는 사실을 알려 주는 우리 아이들.

나는 눈을 둥그렇게 뜨면서 아이들에게 물었다.

"시연이가 어떻게 도와주고 있어?"

내 질문에 아이들이 적극적으로 대답한다.

"괴롭히는 애들 있으면 몰래 따라가서 혼내 주고요!"

"지난번에는 나쁜 형, 누나들한테 눈 깔고 다니라는 말도 해 줬어요! 맞다, 동네에서 건들거리는 거 보이면 죽는다고 도 했었다!"

"헤헤, 엄청 멋있어요."

"저는 나중에 시연 언니랑 결혼할래요!"

내가 모르는 사이에 시연이가 어린아이들을 괴롭히는 사람들을 패고 다닌 건가?

어쩐지.

이 근방의 학교들이 요새 학교 폭력을 근절했다고 자랑하고 다니더라.

그래, 학교 폭력이 아무 이유 없이 사라졌을 리가 없지.

시연이가 나 모르게 자경단원 역할을 하고 다녔던 모양이다.

⋯⋯도대체 어느 틈에 그러고 다닌 거지?

그래도 좀 기특하긴 하다.

"지난번에는요, 고등학생 형들이랑 27 대 1로 떠서 전부 꿇렸다니까요?"

"27 대 1? 거기 어느 고등학교냐? 이 새끼들이 감히 우리 시연이를 상대로!"

"그 형들 요새 어르신들한테 봉사하느라 바빠요."

"맞아요."

아이들 사이에서 우리 시연이는 슈퍼스타나 다름없었다.

내가 그렇게 아이들로부터 온갖 증언을 듣고 있을 때.

"오빠!"

"성하!"

저 멀리서 시연이와 승우가 동시에 모습을 드러냈다.

그리고 그런 둘을 보육원의 아이들이 반갑게 맞이해 주었다.

"혀어어엉!"

"누나!"

둘보다 어린 아이들은 한걸음에 달려갔으며, 둘보다 나이가 많은 아이들도 웃으면서 그 둘을 향해 다가갔다.

그만큼 우리 교단의 성자, 성녀가 아이들에게 잘해 준다는 뜻이겠지.

참 흡족한 모습이었다.

시연이는 부모가 없다는 게 어떤 느낌인지 잘 알고 있는 만큼, 그래서 더 보육원 아이들에게 마음이 가는 모양이었다.

"오늘 여기 올 거였으면 말하지! 우리랑 같이 왔으면 더 좋았잖아."

시연이는 해맑게 웃으면서 나에게 안겼다.

나는 그런 시연이의 등을 두드려 주면서 말했다.

"애들이랑 같이 우리 시연이 이야기를 하고 있었지."

"내 이야기? 내 뒷담화 했어?"

"요새 이 동네 주름잡고 있더라? 이러다가 대한민국 전부 접수하는 거 아니야?"

"대한민국의 모든 나쁜 사람들을 혼내 주는 게 내 목표야! 오빠처럼 될 거야!"

저 말을 듣고 좋아해야 할지, 아니면 싫어해야 할지.

그래도 이 아이들을 잘 챙겨 주는 모습이 아주 보기가 좋았다.

요새 열심히 돌아다닌다 했더만.

그런 일을 하고 다녔었구나.

기특한 것.

"승우야, 시연아."

"예, 성하."

"응!"

"너희는 항상 지금처럼만 해 줘. 주변 사람들 잘 챙겨 주고, 어려운 사람들 있으면 도와주고. 내가 바라는 건 딱 그것 뿐이야."

내 말에 둘은 동시에 고개를 끄덕였다.

"항상 명심하겠습니다."

"나만 믿어, 헤헤."

이 둘이야말로 우리 교단의 미래다.

이 둘을 잘 키워 내는 것 역시 나에게 주어진 사명이기도 하고 말이다.

나는 고개를 들어 아이들의 얼굴에 피어오른 웃음을 살폈다.

부모와 가족을 잃었음에도 이곳의 모든 아이들이 웃음을 잃지 않았다.

서로가 서로를 의지하고, 같이 힘을 내서 꿋꿋하게 견뎌 내고 있다.

구원이라는 단어가 이것만큼이나 잘 어울리는 장소가 있을까?

"내가 꼭 지킬 거야."

시연이는 작은 주먹을 움켜쥐면서 고개를 끄덕였다.

시연이의 얼굴에서는 결연한 의지마저도 엿보인다.

이 녀석, 누굴 닮아서 이렇게 든든한지.

"그래, 시연아. 네가 애들 꼭 잘 챙겨 줘야 한다? 오빠가 계속 지켜볼 거야."

"당연하지!"

시연이가 의욕적인 모습을 보여 주니까 나도 덩달아 기분이 좋았다.

이곳에 있는 모든 아이들의 미래를 위해서라도 내가 힘을 좀 내야지.

시연이는 나에게 안긴 채로 가볍게 얼굴을 부볐다. 그리고 은근슬쩍 나를 올려다보면서 말했다.

"오빠, 그런데 오늘 어디 가?"

"왜? 이상해?"

"오빠는 원래 이 시간이면 집무실에 있으니까."

내 하루 일정을 빠삭하게 외우고 있는 우리의 시연이.

나는 그런 시연이를 향해 부드럽게 대답해 주었다.

"잠시 외부 일정이 좀 있어서, 가는 김에 겸사겸사 들렀어."

"나도 같이 가면 안 돼? 심심해."

"안 돼."

단호하게 거절했다.

좋은 곳이라면 시연이와 함께 가도 괜찮겠다만, 오늘 내 목적지는 좋은 곳이 아니었거든.

지난번에 신전에 잡아 온 마약 유통상으로부터 정보를 좀 뽑아냈다.

녀석이 유통했던 '회개'를 가장 많이 구매했던 장소.

오늘은 그곳을 급습할 예정이다.

만약 '회개'가 백명교와 연관이 되어 있다면, 이 정보를 타고 올라가다 보면 뭔가 찾을 수 있겠지.

언론과 여론은 이미 백명교로부터 등을 돌린 상황.

이런 상황에서 마약 사건까지 터진다?

그러면 진짜 게임 셋이다.

백명교는 더 이상 이 땅 위에 발을 못 붙이게 되겠지.

"아무튼 시연이는 승우랑 같이 여기에서 놀고 있어. 알겠지?"

"웅! 그러면 오늘 늦게 와?"

"그건 잘 모르겠네? 오빠가 나중에 전화 따로 해 줄게."

"알았어."

시연이는 고개를 끄덕였고, 나는 살며시 미소를 지었다.

슬슬 일을 처리해 보러 갈까?

❖

"여기입니까?"

"그렇습니다."

나는 우리 교단의 이단심문관 이은택 씨를 대동한 채로 부산에 위치한 한 교회에 들어섰다.

겉으로는 아주 멀쩡하게 생긴 교회.

예배를 드리지 않는 날이라서 그런지 비교적 한산했다.

우리가 이곳에 들어온 이유는 간단했다.

"성준이 말한 대로라면 이곳에서 '회개'를 가장 많이 구매했다는데."

그것은 바로 이곳이 성준의 'VIP'였기 때문이다.

'회개'는 의외로 종교인들이 많이 구매한다고 들었다. 목사, 스님 등등, 마약과는 다소 거리가 있을 것 같은 사람들이 고객인 경우가 많다고 했던가?

그것은 아마 '회개'가 지닌 특성 때문일지도 모른다.

스스로의 죄를 뉘우치고 신앙을 얻는 것은 모든 종교인들에게 필요한 덕목이기도 할 테니까.

다만, 이번 경우는 좀 특이하다.

"1주 간격으로 약을 공급받았고, 그것을 기점으로 이 교회의 신도들이 폭발적으로 증가했다……. 냄새가 많이 나긴 하네."

백명교의 손길이 끼친 게 분명하다.

게다가 백명교의 본부가 건설되고 있는 부산에서 일어난 일이라는 점도 특이했다.

"우연의 일치는 아니겠어요."

교회뿐만이 아니다.

쇠퇴해 가는 기성종교의 모든 종교 시설.

특히, 개신교의 개척 교회들 중에서 '회개'를 사용하는 것으로 보이는 사례가 빠르게 늘어나고 있다고 한다.

백명교에서 손을 대지 않고서야 동시다발적으로 이런 현

상이 일어날 수가 없었다.

"성하, 무언가 느껴지십니까?"

이은택 씨는 주위를 두리번거리면서 나에게 물었다.

"글쎄요. 잘 모르겠습니다만…… 한 가지는 확실하네요."

"어떤 것이……."

"이곳에 오기 전에 이 새빛교회에 관한 정보를 서 목사에게 물어봤습니다. 그 과정에서 의외의 정보를 얻게 되었어요."

나는 교회의 복도 안으로 발걸음을 옮기며 말을 이어 갔다.

"이곳, 새빛교회는 2주 전에 이단으로 분류되었다더군요. 기존 개신교의 교리와 크게 어긋나는 일부 교리부터 시작해서, 여러 가지 요소를 고려하여 이단으로 판정했다고 합니다."

이곳은 더 이상 개신교에 소속된 교회가 아니다.

다른 노선을 걷기 시작한 장소.

시기가 '회개'가 본격적으로 공급되기 시작한 때와 공교로울 정도로 겹친다.

"특히, 이곳의 담임 목사인 전인석 목사. 전인석 목사는 사람이 아예 바뀌어 버린 수준이에요. 원래는 자신감도 부족하고, 스스로의 신앙심에 대한 회의감까지 느끼고 있었다고 하던데, 지금은 교회의 부흥을 이끌 정도로 신앙심이 충만해졌다더라구요."

인간은 한순간에 바뀌기가 쉽지 않은 존재였다.

서 목사가 나에게 제공해 준 정보, 그리고 마약 유통상의 증언으로 고려해 봤을 때.

"이곳은 백명교의 실험장일 수도 있습니다."

백명교가 '회개'의 성능을 실험한 곳일 가능성이 높았다.

나는 고개를 끄덕이면서 천천히 앞을 바라보았다.

아무것도 없었던 복도 끝, 한 남자가 양복을 입은 채로 서 있었다.

말끔하게 뒤로 넘긴 머리.

단정한 양복.

그리고 인자한 느낌을 풍기는 안경까지.

"오늘은 예배를 드리지 않는 날인데, 어떤 용무로 이곳까지 오셨는지요?"

남자의 손에는 성경이 들려 있었다.

그는 나를 바라보면서 부드럽게 미소를 지었다.

"제가 이곳의 담임 목사인 전인석 목사입니다."

"리멘 교단의 교황, 김시우입니다. 전 목사님, 전 목사님이랑 이야기를 나눌까 했는데, 마침 이렇게 마중을 나와 주시네요? 일이 잘 풀리겠어요."

나는 천천히 복도를 걸었다.

전 목사는 여전히 그 복도의 끝에 선 채로 나에게 말했다.

"리멘 교단에서 어쩐 일로 이곳에 오셨습니까?"

"혹시 '회개'라는 약물에 대해서 아십니까?"

"주의 자녀로서 죄를 고백하고 뉘우치는 것. 그것이 바로 회개지요. 한데 약물이라…… 도통 무슨 말씀이신지 모르겠습니다."

전 목사의 표정은 단 하나도 바뀌지 않는다.

그러나 그 뻔뻔한 표정을 보니 더더욱 확신이 든다.

보통 약물을 유통하냐는 질문을 들으면 당황하거나 새하얗게 질리는 게 정상이다.

하지만 저놈의 표정에는 계속해서 미소가 자리 잡고 있었다.

게다가 내가 등장했음에도 그리 놀라지 않았다. 도리어 당당한 모습이었다.

"보십시오."

그는 가볍게 손을 들었다.

그러자 복도에 딸려 있던 문을 열고 시연이 또래의 어린아이들이 모습을 드러냈다.

흐리멍덩한 눈빛.

마치 무언가에 홀린 듯, 초점 없는 눈빛의 아이들.

아이들로부터는 희미한 신성력이 느껴지고 있었다.

"저는 주의 어린양들에게 옳은 길을 일러 주고 있었을 뿐입니다. 한데 갑자기 찾아오셔서는 마약이라니…… 좀 거북하네요."

곳곳에 설치되어 있는 CCTV가 눈에 들어온다.

아무래도 저 CCTV와 어린아이들을 믿고 당당한 모양이다.

나는 피식 입꼬리를 올리면서 전 목사를 노려보았다.

"약물이라고만 했지, 마약이라고는 안 했던 것 같은데?"

"보통 약물이라고 하면…… 마약을 의미하지 않습니까?"

"뭐, 그런 디테일은 지금 와서 따질 필요는 없기는 해. 그 전에 뭐 한 가지만 묻자. 기독교식으로는…… 아, 이렇게 묻는 게 좋겠네."

오래간만에 가죽 장갑을 꺼내서 손에 꼈다.

그리고 녀석의 두 눈을 마주하면서 말했다.

"전인석, 너 사탄 들렸어?"

☙

사탄 들린 놈을 처리하는 방법은 간단하다.

구마 의식 같은 건 사실 딱히 필요 없다. 기도를 드리고, 묶어 두고 예배를 드리고.

사실, 영화에서 나왔던 그 장면들은 우리 교단에는 딱히 필요 없는 일이다.

사탄 들린 놈에게서 사탄을 벗겨 내는 방법은 너무나도 간단하다.

"뒈지게 패면 되는 거야. 그래, 안 그래, 이 사탄 들린 새 끼야."

"맞습니다. 끄아아악! 맞습니다, 다 맞습니다!"

"이은택 형제님, 잘 지켜보세요. 최대한 복부 쪽이 빗나가 게 후려치는 게 좋습니다. 왜냐하면 복부 쪽에는 장기가 집 중되어 있어서, 치료하려면 신성력이 좀 많이 들어가거든요. 아시겠습니까?"

"이미 레오 대주교가 교육을 해 주었습니다만, 교황 성하 께서 이리 직접 알려 주시니 더욱 이해가 쉽군요."

콰드드득.

"끄아아아악!"

나는 단호하게 전 목사의 팔을 꺾는 이은택 씨를 바라보면 서 만족스럽게 고개를 끄덕였다.

"바로 그겁니다. 실력이 많이 좋아졌네요."

"제 고향에서는 뭐…… 다들 이 정도는 했습니다."

"아, 맞다."

이은택 씨가 북한 출신이었지?

그것도 정보원 출신.

레오로부터 듣기로는 이은택 씨에게 딱히 교육할 게 없었 다고 했다.

적성을 잘 살린 좋은 예라고 할 수 있겠다.

"살려 주십시오. 제발, 제발 살려 주십시오!"

전인석이 준비한 모든 계획은 무력화되었다.

마약에 중독되어 있던 아이들.

약에 홀려서 전인석의 명령에 따르던 아이들 모두가 정신을 잃은 채로 바닥에 쓰러져 있었다.

내가 신성력을 풀어서 아이들의 정신에 간섭했기 때문이다.

아마 지금쯤 아이들은 행복한 꿈을 꾸고 있을 것이다.

내가 아이들까지 무차별적으로 밀어 버릴 정도로 막 나가는 놈은 아니다.

마약을 투여한 이 새끼가 잘못한 거지, 아이들에게 도대체 무슨 죄가 있겠냐고.

"회개에 대해서 처음 알려 준 사람이 누구야?"

나는 전인석의 오른팔 뼈를 다시 붙여 주면서 넌지시 물었다.

뼈를 부수고 다시 붙여 주길 반복한 지 벌써 열 번째.

고통을 최대한으로 느낄 수 있도록 일부러 신경 쪽은 건드리지 않고 있었다.

신경계가 손상된 것 같으면 신성력을 퍼부어서 계속 복구를 시켰으니, 이놈은 생살과 뼈가 부러지는 고통을 30분 내내 생생하게 느끼고 있다고 보면 된다.

고통은 언제나 훌륭한 속죄의 수단이다.

"잘못했습니다…… 끄아아악! 잘못, 잘못했습니다!"

"저 아이들은 어디에서 데려온 거지?"

"교회 신도들! 끄르르륵. 신도들의 자식…… 끄아아아악!"

"그래?"

한 가정을 풍비박산 낸 놈이구만.

이래서 사이비 새끼들이 문제다.

사이비에 잘못 빠지면 집안이 무너지는 게 정말 한순간이다.

부모가 자식을 마약에 노출되게 만들다니.

이 얼마나 가슴 아픈 현실이란 말인가?

나는 녀석의 정강이뼈를 짓밟아서 아예 가루로 만들어 버렸다.

"백명교지?"

"예, 예?"

"너한테 약을 건네준 거, 백명교 놈들이냐고 물어봤다. 많이 물어보지는 않을 거야."

단도직입적으로 정보를 뽑아내고자 했다.

내 질문에 전인석은 몸을 벌벌 떨면서 고개를 가로저었다.

"모르겠습니다. 정말, 정말 모르겠습니다."

"그래?"

"예……."

"그럼 그냥 여기서 죽-."

"하지만…… 하지만 얼굴은 기억합니다. CCTV도 남아 있

우리 교황님 좀
말려주세요

고······. 그, 그래요, 신성력도 사용했습니다."

"확실해? 신성력?"

"예. 제가 이래 보여도 각성자라서, 신성력과 마력은 구분할 줄 압니다."

원래는 성격도 유약하고 자신감도 없던 놈.

각성자도 아니었던 걸로 알고 있는데, 구분을 할 줄 안다는 건······.

"너도 약쟁이구나!"

이 녀석도 약을 복용한 것이 틀림없었다.

아마 약이 없었다면?

이 녀석은 알아서 자멸했겠지.

하여간에 대단한 새끼가 아닐 수가 없었다.

나는 녀석의 대가리를 툭툭 주먹으로 치면서 말했다.

"주로 언제 언제 접선하지?"

"오늘 저녁이 접선하는 날입니다. 원래는 마약 유통상을 통해서 약을 제공받고, 그쪽에서 사람이 와서 그 약을 확인하는······."

"그 유통상이 우리 신전 지하실에서 조사를 받았다."

"아."

"나에게 협조를 잘해야 할 거야. 죽고 싶으면 지금 미리 말하고."

내 협박에 전인석은 내 바짓가랑이를 부여잡으면서 처절

하게 소리쳤다.

"아닙니다! 알고 있는 모든 정보를 털어놓겠습니다!"

"그래? 협조를 해 주겠다니 다행이네."

이렇게 고통에 약해서 쓰나.

고통에 굴복하는 성격으로는 제대로 된 빌런이 될 수 없는 법이다.

약으로 사기를 치고 다니는 놈이 어렵하겠어?

"그럼 잠시 내가 이곳에 있어도 되냐? 접선책 얼굴 좀 구경하고 싶은데."

심증상 백명교의 인원인 게 분명하다.

신전으로 돌아가는 길에 그 증거를 확보해서 데려가는 것이 당장에는 베스트일 것 같았다.

나는 녀석을 깔고 앉으면서 고개를 끄덕였다.

"만나게 해 줄 거지?"

"물, 물론입니다."

그래도 성준 그놈보다는 머리가 빨리 돌아가는군.

전인석은 현 상황을 받아들이고 나에게 얼마든지 협조하겠다는 제스처를 취했다.

"이은택 형제님."

"예, 성하."

"저는 아이들을 잠시 돌볼 테니까, 이 새끼 어디 못 도망가게 잘 묶어 두세요. 팔다리 힘줄 정도만 끊어 두면 될 것

우리 교황님 좀
말려 주세요

같습니다."

"예."

이은택 씨는 내 지시에 따라 품속에서 단검 하나를 꺼내 들었다.

그리고 지체 없이 전인석의 아킬레스건을 끊어 버렸고, 이어서 힘줄까지 완벽하게 제거했다.

나는 전인석을 내려다보면서 가볍게 숨을 내쉬었다.

지금 당장 씹어 죽이고 싶은 놈이었지만 일단은 참자.

백명교와 회개가 연관되어 있다는 증거가 우선이었으니까.

꽃

아무래도 내가 백명교 놈들을 너무 과소평가했던 것 같다.

화르르르륵-.

"성하!"

"이 개새끼들."

우리가 새빛교회에 진입한 지 4시간 뒤.

교회 구석에 숨어서 백명교 놈들이 접근하는 것을 기다렸지만, 백명교 놈들은 모습을 드러내지 않았다.

띠리리리리리릭-!

곳곳에서 울리기 시작한 화재 경보음.

새빛교회 전체가 불에 타오르고 있었다.

"까아아아악!"

"엄마아아아아!"

교회 내부는 삽시간에 혼란에 휩싸인다.

내가 애써 진정시켜 두었던 어린아이들부터 시작해서, 교회 곳곳에 있던 어른들까지.

교회 건물이 불타오르기 시작하자 다들 패닉 상태에 빠졌다.

"기대했던 대답은 아닌데."

나는 코끝을 엄습해 오는 탄내를 맡으면서 미간을 찌푸렸다.

그리고 발밑에서 벌벌 떨고 있는 전인석을 걷어차면서 말했다.

"저쪽에 언제 소식을 전달한 거야?"

"저는…… 저는 정말 모르는 일입니다."

"교회 내부에 너 말고 내통자가 더 있었구나?"

백명교 측에서는 이미 이 상황을 인지하고 증거를 인멸하려 들고 있었다.

모든 것을 불로 태워 버리는 것.

그것만큼 빠르고 정확한 증거 인멸 수단은 없었다.

"교회에 잔류하고 있던 인원은 몇 명이야?"

내 질문에 전인석은 여전히 벌벌 떨면서 답한다.

우리 교황님 좀
말려 주세요

"어린아이들까지 포함해서 총 1백 명 남짓 됩니다. 아마 대부분 지하에……."

"지하에 따로 출구가 있어?"

"없습……니다."

불을 이대로 내버려 둘 경우, 지하에 있는 인원들은 모두 죽는다고 봐야 한다.

기름 냄새까지 나는 걸로 봐서는 분명히 의도적인 방화다.

"이제는 진짜 추잡하게 나온다 이거지?"

나를 죽이자고 저지른 일이 아니다.

녀석들도 이깟 불로는 나를 죽일 수 없다는 걸 잘 알고 있다.

녀석들이 노리는 것은 오로지 이 교회와 신도들뿐.

애초에 나쁜 놈들인 건 알고 있었다만, 이제는 그냥 빌런이나 다를 것 없이 움직이려는 모양이다.

"이은택 형제님."

"예, 성하."

"지하로 내려가서 건물 안에 남아 있는 사람들을 모두 찾아내세요. 하나도 빠짐없이 수색한 다음, 신성력을 있는 힘껏 방출하면 됩니다."

"탈출로 때문입니까?"

"예, 신호탄이라고 생각하면 됩니다. 형제님이 위치만 알려 주면, 제가 밖에서 그곳까지 굴을 뚫어 드리겠습니다."

"어떻게 굴을…… 아, 이해했습니다."

이은택 씨는 내가 주먹을 흔드는 것을 보고 금세 고개를 끄덕였다.

일시적으로 구멍을 뚫는 거야 그리 어려운 일이 아니다.

내 권능을 이용해도 되고, 아니면 주먹으로 뚫어 버려도 된다.

내 지시를 받은 이은택 씨는 곧바로 몸을 날렸다.

그리고 나는 곧바로 전인석의 몸을 입구 쪽으로 걷어차면서 말했다.

"협상은 결렬이다. 이제부터 나는 너를 짐승 취급 할 거야."

"억울……합…….."

"애초에 네가 이딴 짓을 안 벌였으면 되었던 거잖아? 뭐가 그렇게 억울해."

나는 천천히 교회의 입구를 향해 다가갔다.

백명교 쪽에서 손을 쓴 모양인지, 입구는 이미 무너져 내린 상태였다.

"그런데 백명교 새끼들도 대가리가 비어 있는 것 같긴 해. 내가 정말 이은택 씨랑 단둘이 이곳으로 들어왔을 거라고 생각하는 건가?"

주먹을 가볍게 움켜쥐었다.

그리고 입구를 가로막고 있던 돌무더기를 향해 가볍게 주먹을 내질렀다.

콰아아아아아앙–!

폭음과 함께 돌들이 부서져 내린다.

그리고 그 돌들 뒤에서 낯익은 병력이 모습을 드러냈다.

그들은 일사불란하게 교회 내부로 진입하기 시작했다.

우리 교단의 성기사들이었다.

"심심해서 죽는 줄 알았어요, 성하."

루나는 오른손으로 어떤 여자의 목을 움켜쥐고 있었다. 그리고 그 여자를 질질 끌면서 나에게 다가왔다.

"불을 저지르고 도망가던데요?"

"고생했다. 다른 놈은 더 없었어?"

"한 놈이 더 있기는 했는데, 레오가 이미 그쪽으로 붙었어요. 금방 잡히겠죠, 뭐."

"1층에 아이들이 있어. 아이들을 최우선적으로 구출해."

"네에."

"성수는 따로 가져왔지?"

"넉넉하게 가져왔어요."

"성수로 큰 불부터 잡으라고 해."

"넵. 이럴 때를 대비해서 방재 교육은 확실하게 했으니까, 소방서에서 출동하기 전에 큰불은 잡을 수 있을 거예요. 얘들아! 교황 성하 말씀 들었지?"

루나가 기세 좋게 소리치자 다른 성기사들이 일제히 대답했다.

"예!"

"그럼 다들 빨리 움직여!"

일사불란하게 교회 내부로 진입하기 시작하는 성기사들.

나는 그 모습을 바라보며 한숨을 푹 내쉬었다.

"백명교 놈들이 이제는 갈 데까지 간 것 같다."

"정공법이 실패했으니까 이제 남은 건 편법밖에 없겠죠. 성하께서도 이미 다 예상하셨던 거잖아요."

에에에에에에에에엥ㅡ!

저 멀리서 들리기 시작한 소방차의 사이렌.

나는 그 사이렌 소리를 들으며 미간을 찌푸렸다.

그리고 루나의 손에 붙잡혀 있던 여자를 내려다보면서 말했다.

"불장난하면 밤에 오줌 싼다. 때가 어느 땐데 불장난을 하고 있어? 백명교에서 그렇게 가르치던?"

그 말에 입을 꾹 다무는 여자.

대답하지 않아도 사실 상관은 없다.

"말을 안 하겠다고 한다면 우리에게도 방법이 있으니까 걱정하지 마. 네가 언제까지 말 안 하는지 보자고. 루나야?"

"네, 성하."

"이 숙녀분은 네가 담당해 줘야겠다."

"듣던 중 반가운 소리네요. 저한테 맡기세요. 자기, 성하

우리 교황님 좀 말려주세요

말씀 들었지? 오늘 나랑 같이 찐한 밤을 보내는 거야. 쉽게 기절하면 안 된다? 나 그러면 진짜 실망할 거야."

저 여자가 과연 얼마나 버틸 수 있으려나.

나는 어깨를 으쓱인 다음, 고개를 돌려 불타오르는 교회를 바라보았다.

"이딴 게 너희가 말하는 새로운 질서냐?"

백명교가 바라는 새로운 질서는 이 끔찍한 비극 위에 세워질 것이다.

그것을 가만히 지켜볼 생각은 없었다.

"어디 한번 발악해 봐."

그래야 밟아 죽일 때 성취감이라도 있을 테니까.

❀

"좋아."

새빛교회의 화재를 진압하고, 다시 서울로 돌아왔다.

빈손으로 내려갔을 때와는 달리, 돌아올 때는 수확이 있었다.

"요새 우리 지하 심문실이 인기가 참 많아. 안 그러냐, 레오야?"

"심문실의 가장 적절한 사용법은 아무도 사용하지 않는 겁니다. 이곳에 손님이 끊이지 않는다는 것은, 그만큼 악인 역시 끊이지 않다는 뜻이지요."

"맞는 말이야."

나는 의자에 슬쩍 앉으면서 입꼬리를 비틀었다.

심문실에 끌려온 인간들은 총 네 명.

전인석 그리고 백명교의 신도 둘.

마지막으로 방금 전에 막 교도소에서 다시 끌려온.

"분명히 저를 교도소로 보내 주신다고……."

"일단 사자대면 좀 하고 다시 보내 줄게. 생각이 바뀌었거든."

"성실하게 답변하겠습니다!"

마약 유통상 성준.

이렇게 해서 이번 사건과 관련되어 있는 관계자 네 명이 한자리에 모이게 되었다.

성준은 그 어느 때보다 의욕적인 표정으로 전인석을 가리켰다.

"제가 회개를 건넨 사람 맞습니다! 가장 많은 약을 구매했었습니다!"

"그래? 옆에 둘은?"

"음, 옆의 둘은 처음 보는 얼굴입니다."

시작된 진흙탕 싸움.

성준의 고발을 가만히 듣고 있던 전인석은 지지 않겠다는 듯, 백명교의 신도 둘을 가리키며 말했다.

우리 교황님 좀
말려 주세요

"저 둘은 김 집사, 이 집사입니다. 저희 교회에서 열심히 신앙생활을 하던 사람들인데, 어째서 이곳에…….."

"백명교에서 네 교회에 심어 둔 스파이들이던데."

"……예?"

"그것도 몰랐어? 에라이, 이 한심한 새끼."

"커허어억."

퍼어어억.

전인석의 옆에 서 있던 루나가 녀석의 복부에 발을 꽂아 넣었고, 전인석은 피를 토하면서 벽으로 날아갔다.

"어린아이한테 마약을 처먹이고서는 신사적인 대우를 기대했던 건 아닐 거라고 본다."

루나의 목소리에는 분노가 서려 있었다.

기껏해야 시연이 또래의 어린아이들에게 마약을 투여한 건 도저히 용서할 수 없는 죄다.

"교회에 불을 지른 것도 너희니까…… 그런데 너희 둘은 여전히 대답할 생각이 없는 거야?"

나는 백명교의 신도들에게 천천히 다가갔다.

그들 역시 이곳의 다른 이들과 크게 다르지 않았다. 루나와 레오가 그들에게 확실하게 공포를 심어 두었기 때문이다.

가장 먼저 전인석이 '김 집사'라고 부른 여신도.

그녀가 떨리는 목소리로 입을 열었다.

"최대한 성실하게…… 답하겠습니다."

"그래, 바로 그 자세야. 너희 둘, 백명교에서 나온 거 맞지?"

"……예."

굿 캅 배드 캅은 언제나 효과적인 방법이다.

루나에게 얼마나 고통을 받았는지는 몰라도, 내가 부드럽게 질문하니 그녀가 술술 입을 열었다.

"주요 임무는?"

"교회 내부에서 회개가 잘 투약되고 있는지 감시하는 역할이었습니다. 더불어 어린아이들에게 어떤 효과를 보이는지에 대한 연구도 병행했습니다."

"감히 네가 위대한 분들의 뜻을 배신하는 것이냐! 구원받지 못할 년. 네년은 공허의 끝에서 메말라 죽어 갈 것…… 커허어어억!"

그녀의 옆에서 가만히 이야기를 듣고 있던 다른 백명교 신도가 처절하게 소리쳤다.

나는 그 남자의 복부에 주먹을 꽂아 넣으면서 인상을 찡그렸다.

"닥치고 있어."

"네 이노오오오오오옴!"

우드드득.

너무 시끄러워서 턱을 잡고 으스러뜨렸다. 그리고 성화를 피워 올려 성대를 지졌다.

"너한테는 나중에 따로 물어볼 테니까 순서를 기다려라. 성숙한 시민 문화를 보여 달란 말이야. 레오야?"

"예, 성하."

"복도로 끌고 나가. 이놈은 나중에 따로 심문한다."

레오는 고개를 끄덕인 후, 반항이 심한 놈을 복도로 질질 끌고 나갔다.

나는 그 모습을 마지막까지 지켜본 다음, 다시 시선을 '김 집사'에게 두었다. 그리고 살짝 미소를 지었다.

"나는 협조적인 사람한테는 막 대하지 않아. 대충 내 스타일 알겠지?"

"예, 예."

"아주 좋아."

우리 교단의 심문 기술은 단연 세계 최고다.

심문 과정에서 실수로 심각한 부상을 입는다?

그러면 그냥 신성력으로 치료한 다음 다시 심문을 진행하면 된다.

우리 교단의 심문을 받고 있는 도중이라면 마음대로 죽을 수조차 없다.

우리가 원하는 정보를 뽑아낼 때까지.

심문은 끝없이 계속된다.

"혹시 심문 도중에 마음이 바뀌면 말해. 예를 들어 갑자기 입을 열고 싶지 않아졌다든가, 끝까지 백명교에 남아 있고 싶다든가. 그런 것들."

"아, 아닙니다. 성실하게…… 성실하게 답변하겠습니다."

"루나한테 아주 잘 배웠네. 루나야, 고생했다."

"제 전문이잖아요."

도대체 서울로 올라오는 중에 무슨 일이 있었던 건가?

이 여자, 기합이 아주 바짝 들어가 있었다.

나는 벽에 처박혀 있던 전인석을 다시 끌고 와서 바닥에 내팽개쳤다.

그리고 그 셋을 둘러보면서 말했다.

"서로 가지고 있는 정보를 맞춰 보자고. 교차 검증 바로바로 해 보고, 누군가 틀린 말을 하는 것 같으면…… 너희가 더 잘 알지?"

이제부터 이곳에서 거짓은 말할 수 없다.

나는 의자에 편하게 앉은 다음, 만족스럽게 고개를 끄덕였다.

"자, 루나야."

"예, 성하."

"게임을 시작하자."

"넵."

진실 게임이 시작되었다.

이곳에서 거짓을 말하는 대가는 오로지 죽음뿐.

그렇게 기나긴 심문이 시작되었다.

우리교황님좀
말려주세요

"생각보다 규모가 크네."

밤을 새워 진행된 심문.

백명교에서 퍼뜨리고 있는 '회개'는 내가 생각했던 것보다 훨씬 다양한 장소에 퍼져 있었다.

"교회, 절뿐만 아니라 학생들이나 일반인들까지…… 아주 그냥 제대로 사업을 벌이셨구만."

도저히 이 짧은 시간 동안 벌인 짓이라고 믿을 수 없는 규모.

회개는 각계각층에 벌써 퍼져 나가고 있는 중이었다.

"처음에는 신도들의 신앙심을 높여 주는 듯 보이지만, 결국 그 신앙심은 고대 신들에게로 향하게 된다라……. 영락없는 사이비 마약이네."

결국, 종교 시설에 침투하여 그곳의 신도들을 전부 백명교에 끌어들인다.

이 녀석들이 '회개'를 통해 노리던 효과였다.

"증언을 통해 확보한 종교 시설에 즉각적으로 병력을 파견했습니다."

레오는 무뚝뚝한 표정으로 나에게 보고를 이어 나갔다.

"이능관리부에서도 이번 사안을 심각하게 받아들이고 있습니다. 이능관리부 소속 특수조사국에서 전면적으로 조사에 나설 예정입니다."

"백명교 놈들의 모든 혐의를 밝혀내야 해. 그놈들을 벼랑 끝으로 몰아세워야만 한다."

얼마 전 정치권과의 대형 스캔들 이후, 백명교는 정신도 못 차린 채로 두들겨 맞고 있었다.

검찰, 경찰의 수사망은 물론이며 여론, 언론의 질타까지.

리멘 교단의 대항마라고 불렸던 백명교가 무너져 내리는 건 순식간이었다.

"이번 교회 방화 사건이 백명교의 소행인 건 슬쩍 말해 줬지?"

"세종일보 측에 제보를 해 두었습니다."

"이제는 안 시켜도 잘하네."

"모든 것이 성하께서 잘 가르쳐 주신 덕분입니다. 감사합니다."

여론전에서 우리가 확실히 기세를 가져왔다.

리멘 교단을 비난하던 여론은 이미 온데간데없다.

대한민국인 모두가 힘을 합쳐서 백명교를 비난하기 시작했다.

게다가 오늘 아침 이루어진 이능관리부의 공식 기자회견도 불난 집에 기름을 부어 버린 셈이 되었다.

〈이능관리부 임시 대변인 김동식 실장, 신종 마약 '회개'와 전면적인

우리 교황님 좀 말려주세요

전쟁 선포!〉

〈신종 마약 '회개'는 어떤 약인가?〉

〈일부 전문가, '회개'와 '백명교'의 연관성 제기!〉

백명교를 옹호했던 언론들은 언제 그랬냐는 듯이 가장 선두에 서서 백명교를 비난한다.

그렇게라도 죗값을 치르겠다는 듯, 그 누구보다 격렬하게 비난 여론을 조성한다.

나는 집무실의 의자에 앉아 TV를 바라보았다.

TV에서는 연신 백명교와 관련된 범죄 행위에 대한 보도가 이어지고 있었다.

이쯤 되면 백명교 측에서 이렇다 할 대응책을 내놓아야 하지만, 녀석들은 감감무소식이다.

대한민국에 진출할 때까지만 하더라도 마치 대한민국 전체를 집어삼킬 것 같았건만.

……어째서지?

"백명교에서는 모든 걸 포기한 것만 같습니다."

"나도 그렇게 생각해."

대응이 없다.

순순히 이 상황을 받아들이는 것만 같은 모양새다.

이렇게 쉽게 밀려날 거였으면 도대체 왜 대한민국에 재진출을 했던 걸까?

나는 곰곰이 그 부분에 대해서 생각했다.

이건 차라리 일부러 시간을 끌기 위해서 미끼를 던진 듯…….

"……그거였네."

우리 교단의 역량을 대한민국에 고정시키는 것.

우리 교단이 다른 곳을 살펴볼 수 없게 만든 후, 다른 곳에서 본인들의 계획을 진행시킨 것이다.

"교란."

대한민국에서 리멘 교단을 몰아내기 위해서 녀석들이 이곳으로 들어온 게 아니었다.

오히려 우리를 대한민국에 몰아넣기 위해서 이곳으로 진출했던 거다.

그렇다면 우리를 이곳에 몰아넣은 후, 도대체 무슨 짓을 벌이려고 했던 걸까?

"레오야."

"예, 성하."

"중국 북부 쪽에 심어 둔 우리 정보원들 숫자가……."

"성하께서 대한민국을 우선시하라고 말씀하셔서, 일단 최소한의 인력만 남겨 둔 상태입니다. 이단심문관 대부분이 현재 대한민국에서 활동 중입니다."

"우리가 잘못 판단했던 것 같다."

백명교가 대한민국에 재진출한 것은 단순히 지연책에 불

과하다.

우리의 시선을 최대한 다른 곳으로 돌리게 만든 후, 본인들의 계획을 진행시키기 위한 지연책.

"지금 당장 중국 북부 쪽으로 이단심문관들 파견해. 그리고 대한민국 정부, 미국 정부에 협조 요청 보내. 중국 북부에서 무슨 일이 일어나고 있는지, 최대한 빠르게 파악해 봐."

만약 백명교 놈들이 무슨 짓을 벌이고 있다면, 그 장소는 중국 북부임이 틀림없었다.

내 명령을 들은 레오가 고개를 작게 숙인 뒤, 곧바로 집무실 밖으로 나갔다.

"백명교, 이 새끼들."

우리의 눈을 돌리고 도대체 무슨 짓을 저지르고 있는 거야?

⚜

신의주에 위치한 어느 건물의 지하.

희미한 녹색등이 자리 잡고 있는 지하실 한가운데에 금발 머리의 소녀가 다소곳하게 앉아 있었다.

"대교구장님, 리멘 교단 측에서 다시 정보력을 중국 북부에 집중시키고 있습니다."

"예상보다 좀 빠르군요. 하지만 괜찮습니다. 그들이 지금

와서 움직인다고 한들, 크게 바뀌는 건 없습니다."

소녀는 천천히 몸을 일으켰다.

"회개는 얼마나 유통되었죠?"

"지방에 위치한 개척 교회, 절 등 각종 종교 시설들을 중심으로 많이 퍼져 나간 상태입니다. 현재, 대한민국 정부에서 전수조사에 나선다고 합니다."

"전수조사라…… 지연시킬 수단은?"

"현재로서는 전무합니다. 우리로부터 여러 가지 혜택을 제공받은 자들이 모두 조사를 받고 있습니다."

"음, 김시우 교황님께서 힘을 많이 쓰셨네요."

소녀는 부하의 말에 아쉽다는 듯이 작게 고개를 끄덕였다.

그리고 천천히 앞으로 걸어가면서 말했다.

"아쉬운 대로 어쩔 수 없죠. 김시우 교황님께 보내 드릴 선물을 준비하도록 하세요."

"광신 말씀이십니까?"

회개를 복용한 이들에게 선사할 수 있는 또 다른 축복, 광신.

백명교의 명령에 따라 그들은 광신도로 변하여 고대 신의 이름을 사방으로 전파하게 된다.

그 과정에서 무력 충돌이 동반되겠지만, 원래 새로운 질서는 파괴 위에서 피어나는 법이다.

그렇게 해서 회개 복용자들은 백명교의 위대한 대업에 동

우리 교황님 좀
말려 주세요

참할 수 있을 테니, 그들에게도 그건 축복과도 같은 일일 것이다.

"네. 회개가 생각보다 덜 유통되기는 했는데, 대한민국을 불길에 휩싸이게 하기엔 충분할 것 같아요."

대교구장은 부드럽게 미소를 지었다.

그런 그녀의 미소를 마주한 부하는 허리를 숙이면서 대답했다.

"명을 받들겠습니다."

고개를 숙인 부하.

대교구장은 그의 머리를 부드럽게 쓰다듬으면서 나지막하게 말했다.

"새로운 질서가 이 땅 위에 도래할 날이 임박했답니다."

타오르다

평화로운 아침이었다.

"주인, 내 거는?"

"교황! 그 츄르 맛있던데, 나도 줘!"

"야, 너는 사슴 주제에 무슨 츄르야? 내 츄르 먹을 거면 네 녹용이나 나 주든가, 몸보신 좀 하게."

"흠흠. 사실, 그것은 원래부터 나의 것이었다."

평소처럼 평화롭고 소란스러운 아침.

중국에서 복귀한 루돌프와 베스 덕분에 우리 집의 아침은 그 어느 때보다 활기찼다.

"애들 밥은 따로 안 챙겨 줬어?"

"오늘 당번은 시연인데."

"시연이는?"

"신전에서 아침 운동 해야 한다면서 대충 시리얼 말아 먹고 나갔지."

나는 냉장고에서 우유를 꺼내 마시면서 가볍게 고개를 끄덕였다.

"할머니도 시연이랑 같이 나가셨어?"

"어, 오래 살려면 운동을 해야 한다면서, 시연이랑 같이 나가셨어. 아마……."

"라파르트 대주교를 만나러 가신 거지 뭐."

"그렇겠지?"

요새도 틈틈이 만나고 계신다고 했는데, 아침에 만나는 거였어?

역시 노인들이 아침잠이 적다더만.

그래서 연애도 아침에 하는 건가?

"요새 그레이스는 안 만…… 아, 잠시 바티칸으로 복귀했지."

인욱이는 의자에 앉으면서 한숨을 푹 내쉬었다.

"그러게. 언제쯤 돌아오려나?"

"이참에 유럽으로 휴가라도 다녀오든가."

"그래도 돼?"

"생각해 보니 안 되겠다."

그레이스와 여전히 이쁘게 사귀고 있는 인욱이.

우리 교황님 좀
말려주세요

그레이스는 바티칸의 호출을 받고 잠시 바티칸으로 복귀했다.

유럽 쪽에서도 고대 신의 힘이 확산되고 있는 상황이라 바티칸으로서도 모든 전력을 끌어모으고 있다고 했다.

그레이스는 내가 틈틈이 지도를 해 주었고, 실제로 잃어버린 땅 수복전과 중국 내전을 통해서 많은 발전을 거두었다.

아마 어디 가서 맞고 다니진 않을 거다.

"순식간에 장거리 커플이 된 기분이야."

"기분뿐만 아니라 실제로 그렇지. 그래도 연락은 자주 하지?"

"물론이지."

"그럼 된 거지. 적어도 바람은 안 피우겠다."

"내가? 아니면 그레이스가?"

"둘 다."

나는 피식 웃으면서 식빵 한 조각을 입에 넣었다. 그리고 둥그런 눈으로 나를 바라보고 있던 인욱이의 등을 가볍게 두드렸다.

"너 바람피우면 그레이스한테 맞아 죽을 것 같은데, 자신 있냐?"

"내가 바람을 왜 피워."

"그렇긴 해. 내 동생 놈 데려가 주는 것만으로도 사실 그레이스한테 많이 고맙거든. 꼭 결혼해라."

"꼭 결혼하…… 내가 알아서 할게."

"그래."

식빵을 마저 삼킨 다음, 사과를 하나 꺼내서 베어 물었다. 그리고 천천히 거실의 소파에 앉았다.

역시, 집이 최고다.

"주인! TV 같이 봐."

"나도!"

"개껌 어디 없나? 중국 가기 전에 시연이가 사 뒀던 것 같은 데 말이지."

내가 소파에 앉자마자 나란히 내 옆에 앉는 우리의 축생 세 마리.

꽃사슴, 고양이, 개가 소파에 앉는 모습을 보고 있자니 절로 마음이 훈훈해진다.

반려동물이 있어야 집이 꽉 찬 느낌이긴 하다.

"오늘은 그냥 이렇게 쉬고 싶다."

양쪽으로 부드러운 털이 느껴진다.

어느새 내 옆구리를 파고든 백설이의 부드러운 털.

그리고 베스와 루돌프의 털까지.

얘네들이 참 좋은 게, 이렇게 털 감촉이 좋으면서도 털 걱정을 안 해도 된다.

애초에 영물들과 신수는 털갈이를 하지 않는다.

그야말로 최고의 반려동물이 아닌가?

"중국은 어땠어?"

나는 베스와 루돌프에게 넌지시 물었다.

우리 교단의 주 병력이 중국에서 후퇴한 이후에도 루돌프와 베스는 그곳에 남아서 자신들만의 일을 했다.

정화자가 파괴한 자연의 영기를 회복시키면서 본인들의 동료들을 찾아다녔다던가?

이 녀석들이 다시 돌아온 이유는 간단하다.

"중국에선 동료들의 흔적을 찾아볼 수 없었다."

"맞아."

"무명, 그놈을 잡아서 물어봤어야 했거늘. 왜 우리가 녀석을 쫓는 걸 막은 거냐, 교황?"

베스가 으르렁거리면서 말했다.

나는 그 말에 어깨를 으쓱이며 사과를 한 입 베어 물었다. 그리고 슬쩍 녀석을 바라보면서 말했다.

"너를 잃고 싶지 않았어, 베스. 그때도 약속했지만, 네가 혼자 싸우게 하진 않을 거야."

소중한 노…… 아니, 친구를 쉽게 잃을 수는 없다.

무명을 추적하는 과정에서 어떤 위협에 노출될지 장담할 수 없는 상황.

정화자 놈들이 중국 서부 지대로 숨어들었으니, 거기서부터는 내 영향력 밖이다.

"완전하게 궤멸시키지 않았기 때문에 어떤 짓을 저지를지도 몰라. 그러니까 잠시 미뤄 두자고. 막타는 꼭 너한테 양보할 테니까, 알겠지?"

"고대 신들이 모습을 드러내고 있는 상황이니…… 나도 충분히 이해하고 있다. 고대 신이야말로 우리들의 주적인 놈들이니까."

영물들은 아주 오래전, 고대 신과 치열하게 싸웠던 존재들이다.

베스가 말한 것처럼 영물들은 고대 신의 위험성에 대해서 그 누구보다 잘 알고 있다.

그렇기 때문에 무명의 추적을 멈추고 이렇게 대한민국으로 복귀한 것일 테지.

나는 베스의 등을 한번 쓰다듬어 준 다음, 천천히 시선을 TV로 돌렸다.

["일명 백명교 게이트의 파급력이 대한민국을 뒤흔들고 있는 가운데, 국회에서는 연일 쇄신을 해야 한다는 목소리가 흘러나오고 있습니다."]

여전히 시끄러운 대한민국. 정말 다이나믹 코리아다.

뭔가 좋은 방향으로 바뀌어 가고 있는 건 확실하다. 원래 기존의 것들을 바꿀 때 불협화음이 나는 법이다.

이로써 백명교는 대한민국에서 설 자리를 완전히 상실했다.

우리 교황님 좀
말려 주세요

그리고 오늘 저녁, 후속타로 마약 '회개'에 대한 보도가 일제히 시작될 예정이다.

즉, 큰 게 온다는 뜻이다.

좋은 일이다.

좋은 일인데, 뭐가 이렇게 불안하지?

"교황, 표정이 안 좋다."

"그러게. 방금 먹은 사과가 얹혔나?"

고철도 녹여 버릴 위장이니 그럴 리는 없고.

왜 이렇게 느낌이 더러울까?

마치 화장실에서 큰 걸 보고 안 닦고 나온 듯한 불안감이다.

근래에 이 정도로 기분이 더러웠던 적이 없었던 것 같은데.

"……진짜 큰 게 오나?"

내 입으로 말하긴 뭐하지만, 이건 분명히 내 동물적인 직감이 경고를 하고 있는 것이다.

그렇게 내가 불안함을 느끼면서 뉴스를 보고 있을 때였다.

아니나 다를까, 화면의 하단에서 긴급 속보가 보도되고 있었다.

⟨(긴급 속보) 중국의 시안, 대규모 언데드 침공! 중국 정부 비상사태 선포, 정화자의 소행으로 추정⟩

그 뉴스를 가만히 지켜보고 있던 인욱이가 나에게 넌지시 물었다.

"형, 지금 시안이면……"

"백명교의 거점이 된 장소지. 공교로워도 너무 공교로운데?"

잠시 우리에게서 멀어졌던 혼돈이 한 발자국 우리에게 다가오고 있는 것이 느껴진다.

아니나 다를까.

띠리리리링-.

소파 위에 엎어 두었던 전화가 울렸다.

발신자는 이능관리부의 김 실장.

나는 한숨을 내쉬면서 전화를 받았다.

"전화받았습니다."

그러자 전화기 너머로 김 실장의 다급한 목소리가 들려왔다.

-큰일 났습니다, 교황님.

"숨 좀 돌리고 말씀을……."

-부산, 광주 등, 총 12곳에서 동시다발적인 소요 사태가 발생했습니다! 들어오고 있는 정보에 따르면, 모두 마약 '회개'에 중독된 자들인 듯합니다!

백명교의 대교구장이 말한 '선물'이라는 것이 이제 막 도착한 듯했다.

우리 교황님 좀 말려주세요

어쩐지.

아침부터 기분이 더럽더라니.

"10분 뒤, 신전에서 대책 회의를 진행하겠습니다. 신전에서 뵙죠."

—예!

나는 전화를 끊자마자 곧바로 소파에서 일어섰다.

"인욱아, 형 바로 출근한다."

"무슨 일이길래 표정이 그렇게 심각해?"

그 질문에 잠시 고민한 다음, 한숨을 내쉬면서 답했다.

"선물이 도착했어."

"선물인데 표정이 왜 그래? 선물에 폭탄이라도 들어 있는 거야?"

눈치 빠르기는.

"폭탄보다 더한 게 들어 있더라."

"뭔데?"

"⋯⋯그런 게 있어. 얘들아, 인욱이 잘 좀 부탁한다."

"우리만 믿어."

"응!"

"알겠다."

오늘도 편하게 쉬는 건 글러 먹은 것 같다.

언제쯤이면 편하게 쉴 수 있을까?

⋯⋯아니, 그런 날이 오기는 할까?

서둘러 신전에 도착했다.

소식을 미리 전해 들은 성지는 이미 전시 상태에 준하는 수준이었다.

"다들 빠르게 움직여!"

"1기, 2기 교육생들은 3기 교육생들의 무장 상태를 점검한다!"

"3기 교육생들의 첫 실전 투입이다! 다들 정신 똑바로 차려라!"

"예!"

무려 1천 명에 다다르는 3기 교육생.

3기 교육생들의 훈련은 빠른 속도로 진행되고 있었는데, 〈심판의 검〉의 특수 효과 덕분에 3기 교육생들의 무기술은 괄목할 만한 성장을 거두고 있었다.

거기에 루나와 레오에게 교육받은 1, 2기 교육생들이 붙어서 전력으로 훈련에 매진하고 있었으니, 어찌 보면 빠른 성장은 당연할 수밖에 없었다.

"성하, 오셨어요?"

순백색의 판금 갑옷을 입은, 일명 전투태세의 루나가 투구를 옆구리에 낀 채로 나에게 다가왔다.

"연락받았구나?"

"예, 김 실장으로부터 연락받고 곧바로 병력을 준비 중이에요. 3기 교육생들 중에서 훈련 성과가 뛰어난 병력까지 이번 작전에 합류할 것 같아요."

"우리가 나서는 건 아직까지 정해지지 않았어."

"미리미리 준비해 두면 좋죠. 언제라도 출동할 수 있는 태세만 갖춰 둘게요."

"좋은 자세야."

3기 교육생들의 투입이 너무 빠르지 않나 싶다.

고작 훈련받은 지 한 달밖에 안 된 시점이었으니까.

하지만 교육은 전적으로 라파르트 대주교와 루나, 레오에게 맡겨 둔 상황.

그들이 아무런 계획 없이 3기 교육생들의 조기 투입을 고려하는 건 아닐 것이다.

그만큼 우리 교단의 병력 상황이 여유롭지 않다는 뜻일지도 모른다.

"김 실장은?"

"집무실에서 대기 중입니다. 아, 그리고 손님이 한 분 더 오셨습니다. 비공식 방문입니다."

비공식으로 방문해야 할 정도로 은밀하게 움직여야 하는 손님이라…….

대충 한 명이 그려지는군.

나는 서둘러서 집무실 안으로 들어섰다.

그곳에는 정장을 입은 두 남자가 차를 마시면서 앉아 있었다.

바로 김 실장과 서 대통령이었다.

"대통령님."

"교황님."

서 대통령은 늘 그렇듯이 다크서클이 짙은 얼굴을 하고 있었는데, 오늘따라 더 피곤해 보인다.

그만큼 이번 사태가 급박하게 돌아간다는 것을 의미했다.

"소요 사태가 확산되고 있습니다. 이능관리부의 보고에 따르면, 백명교와 관련되어 있을 가능성이 높다는데 사실입니까?"

서 대통령은 나에게 단도직입적으로 질문을 던졌다.

다급한 목소리.

나는 그 말에 고개를 끄덕였다.

"확실합니다. 녀석들이 유통하던 '회개'는 세뇌 효과가 있습니다. 백명교가 그 약물을 유통하고 있었다는 증언은 이미 확보했습니다."

"백명교가 어째서 이런 행동을 벌이는 겁니까? 그들은 불과 며칠 전까지만 하더라도 포교 활동에 전념하고 있었습니다."

"아무래도 이번에 정치권과 연관된 스캔들이 터지면서 더이상 얻을 게 없다고 판단한 모양입니다. 원래 잃을 게 없는 놈들이 막 나가는 법이죠."

이 대대적인 소요 사태 뒤에는 백명교가 자리 잡고 있었다.

이렇게 짧은 시간 동안 이 정도의 혼란을 일으킬 수 있는 능력만큼은 인정해 줘야 할 듯싶었다.

나는 대통령의 맞은편에 앉으면서 말을 이어 갔다.

"저쪽에서 시간을 끌려고 합니다. 정화자의 잔당이 백명교의 거점을 타격한 걸 봐서는, 어떤 음모가 진행되고 있는 게 틀림없습니다."

"지금부터 대한민국 정부는 소요 사태를 진정시키기 위해 모든 힘을 다하겠습니다. 혹, 약에 중독된 국민들을 치료하는 건 가능합니까?"

"그 부분에 대해서는 이미 연구가 끝났습니다. 충분히 가능합니다."

새빛교회에서 데려온 중독자들을 통해서 해독이 가능하다는 걸 확인했다.

내 말을 들은 서 대통령이 작게 안도의 한숨을 내뱉었다.

"그나마 좋은 소식이군요."

"차라리 다행일지도 모릅니다."

나는 서 대통령을 바라보았다. 그리고 나지막한 목소리로 말했다.

"이번 기회에 백명교, 그리고 백명교와 관련된 모든 것을 이 땅에서 지워 낼 겁니다."

명분은 완벽해졌다.

이제부터 내가 해야 할 건 하나도 남김없이 녀석들을 제거해 버리는 것뿐.

"청소 시간입니다. 이 기회에 모든 쓰레기들을 치워 버리도록 하죠."

이번에는 작은 불씨조차 남기지 않을 것이다.

반드시.

※

천 리 길도 한 걸음부터.

모든 준비를 끝낸 후, 내가 가장 먼저 찾아간 곳은 파주시의 소요 사태 현장이었다.

"김 교황님."

현장에 도착했을 때, 가장 먼저 나를 맞이해 준 건 나와 꽤 친하다고 할 수 있는 법운 스님이었다.

항상 웃는 낯으로 나를 반겨 줬던 법운 스님이었지만, 오늘 표정은 마냥 그렇지 못했다.

괴로워하는 표정.

승복을 입은 채 후회에 몸부림치는 그 표정은 보는 것만으로도 괴로웠다.

"법운 스님."

"······괴롭습니다. 그때, 목숨을 걸고서라도 상부를 설득했어야만 했습니다. 이 모든 것이······ 이 모든 참상이 제 탓······."

"자책은 나중에 하시고요, 상황부터 듣겠습니다."

"······아, 죄송합니다."

법운 스님은 힘겹게 말을 이어 갔다.

"백명교의 도움으로 신성 계열 플레이어로 각성했던 열다섯. 그리고 '회개'를 복용한 것으로 추정되는 서른. 이리하여 마흔다섯의 인원이 인질을 잡고 무력으로 시위 중입니다."

불교와 관련된 인원들이 소요 사태를 벌이고 있다고 해서 절일 줄 알았는데, 그냥 평범한 건물이었다.

하지만 이곳이 불교 측에서 신성 계열 플레이어들을 육성하기 위한 장소였다는 것은 나도 일찍이 알고 있었다.

그들이 최근 가장 힘을 쏟아부었던 장소기도 했으니까.

나는 한숨을 내쉬면서 고개를 끄덕였다.

"백명교의 세례를 받았던 이들이 언제 변절했습니까?"

"보고에 따르면 3시간 전입니다. 그때부터 상태가 이상했다고 합니다."

"백명교는 더 이상 통제받지 않을 겁니다."

잃을 것 없는 놈들의 폭주.

기성종교에 건넨 혜택이 호의가 아니었다는 건 알고 있었다만……

욕심에 멀었던 시야가 이제야 돌아오는 거다.

아니, 정확히는 백명교가 숨겨 두었던 악의들이 이제야 꿈틀거리고 있는 거다.

"교황님."

법운 스님은 내 손을 잡았다. 그리고 나지막한 목소리로 말했다.

"저들을 살려 주실 수 있습니까?"

"노력은 해 보겠습니다."

확실하게 약속해 줄 수는 없었다. 백명교에 세례를 받은 이들이 어떤 상태인지 아직 직접 보지 못했으니까.

그들은 '회개' 중독자들과는 전혀 다른 선상에 둬야만 한다.

약을 통해 얻은 신성력과 직접 세례받은 신성력은 근본부터가 다르기 때문이다.

"그럼 진입하겠습니다."

"부디 잘 부탁드립니다."

법운 스님의 당부에 작게 고개를 끄덕였다. 그리고 내 뒤에 서 있던 우리 교단의 병력을 향해 가볍게 손을 흔들었다.

"진입해."

"예, 성하."

"예."

우리 교황님 좀
말려 주세요

루나와 레오를 필두로 교육생들 중에서 최고의 정예들만 뽑아 둔 상태.

1기 교육생의 에이스 중 하나인 재민이 역시 함께하고 있었다.

나는 병력을 살핀 후, 곧바로 건물 안으로 돌입했다.

조명이 아예 꺼져 있는 건물 안.

환기조차 제대로 되지 않았는지 비릿한 피 냄새가 진동을 하고 있었다.

"루나, 레오, 각각 조를 나누어서 움직인다. 적을 발견할 시, 생포를 최우선으로. 반항이 거세면 사살해도 좋다."

"확인했습니다. 성하께서는……."

"나는 혼자면 돼. 바로 움직여."

내 지시에 따라 레오와 루나는 신속하게 몸을 움직였다.

그렇게 나는 순식간에 혼자 남게 되었다.

역시, 혼자 움직이는 게 편하다.

"흐음."

작게 숨을 뱉어 내면서 건물 내부를 둘러보았다.

아까 전부터 미묘하게 공명하고 있는 신성력.

백명교의 신성력이 틀림없는 이 불쾌하고 끈적한 신성력은 분명히 밑쪽에서부터 느껴지고 있었다.

건물의 지하라…….

정화자나 이놈들이나, 음침한 건 똑같다니까?

지하로 내려가기 위해서는 계단을 통해야 하지만, 저기 정면에 보이는 계단에는 이미 온갖 함정이 설치되어 있을 것이다.

이럴 때일수록 단순하게 움직여야 한다.

"건틀릿."

촤르르르르륵.

최근에 토비가 건틀릿의 기능을 업그레이드시켜 줬는데, 그것은 바로 슈트 기능에 건틀릿 장착 기능을 추가해 준 것이다.

더 이상 예전처럼 직접 꺼낼 필요가 없다.

이 슈트는 라파엘과 토비의 합작품.

내가 건틀릿을 장착하고 싶으면 이렇게 알아서 건틀릿이 소환되어 손에 장착된다.

참 편리한 기능이라니까?

아, 지하로 내려가야 하는데 왜 갑자기 건틀릿이냐고?

"굳이 돌아갈 필요 없잖아."

콰아아아아아아앙-!

계단을 사용하는 건 겁쟁이들이나 하는 짓이다.

그냥 바닥을 뚫고 내려가면 되는데, 굳이 왜 계단을 사용해?

콰아아아아아아앙-!

네 번 정도 후려쳤으니 지하 4층쯤일 거고.

먼지가 자욱했지만 가볍게 손을 흔들어서 먼지를 날려 보냈다.

그러자 곧 지하 4층 내부 풍경이 모습을 드러냈다.

마치 슬로모션 같은 풍경.

경계를 서고 있던 광신도들이 어이가 없다는 듯이 나를 바라보며 몸을 정지했고, 그들의 손에 끌려가던 인질들이 눈물을 흘렸다.

"김시우다!"

"살았어! 감사합니다, 감사합니다, 부처님……."

누가 광신도고, 누가 인질인지.

한눈에 딱 들어온다.

몸에서 백명교의 신성력이 느껴지는 사람은 적이고, 그렇지 않은 사람들은 아군이다.

정리 끝.

나는 고개를 끄덕이면서 말했다.

"이게 전부는 아닌……."

그때였다.

콰앙—!

내 옆쪽에서 폭음이 울려 퍼지더니, 곧 벽을 뚫고 누군가의 주먹이 날아들었다.

신성력이 가득 담긴 터프한 공격.

그 주먹을 피할까 했지만 생각이 바뀌었다.

"예의가 없네."

곧장 주먹을 휘둘러서 그 주먹을 맞받아쳤다.

우드드득.

뼈가 부스러져 내리는 섬뜩한 소리와 함께 벽 너머에서 여섯 명의 남녀가 등장한다.

백명교의 신성력을 잔뜩 내뿜으며 눈을 희번덕 뒤집는 사람들.

"너희구나."

그들이 바로 백명교로부터 세례를 받은 불교 측 인원이란 걸 어렵지 않게 깨달을 수 있었다.

"위대한 뜻을 위하여!"

"새로운 질서가 도래하오니, 높은 곳에 계신 이여! 제 몸을 받아 가시옵소서!"

불교와는 너무나도 거리가 먼 소리를 부르짖는 이들.

방금 전에 손이 아작 난 녀석조차 고통을 잊은 듯, 처절할 정도로 큰 소리로 신앙을 고백해 온다.

광신.

저것보다 광신이라는 단어가 잘 어울리는 장면이 몇이나 있을까?

"나머지 아홉 명은 다른 곳에 있을 테고."

인질의 숫자도 적은 걸 보니 분산되어 있을 가능성이 높았다.

나는 건틀릿으로 내 목을 살짝 두드리면서 말했다.

"오늘 이곳 말고 열 탕은 더 뛰어야 하니까 빨리 끝내자."

한 가지 다행인 건 이 사람들에게는 아직 희망이 남아 있었다.

모조리 기절시킨다.

팔다리 정도는 날려도 괜찮다.

녀석들을 백명교로부터 해방시키면서 회복을 병행하면 되는 일이니까.

지금부터는 철저히 시간 싸움.

"따끔해요."

나는 단숨에 그들 사이로 파고들었다.

❧

지하 4층에 위치한 적을 제압하는 데 소요된 시간은 불과 3분.

컵라면 하나를 해치울 시간 동안 모든 일을 끝내 버렸는데, 루나로부터 무전이 들어왔다.

ㅡ성하, 백명교에서 직접 파견한 인원을 발견했어요. 그런데 이 새끼가 뭔가 의식을 치르고 있는데, 방어막이 안 뚫리네요.

"몇 층이야."

─지상 4층.

"확인."

의식을 치르고 있다?

루나가 뚫지 못하는 방어막이면 격과 관련되어 있는 방어막이란 뜻이다.

나는 무전을 끝내자마자 곧장 인질들을 향해 말했다.

"다들 1층으로. 정부 측의 인원이 도착해서 대기 중입니다."

"저……."

"무슨 문제라도 있습니까?"

"계단 쪽에 함정이 설치되어 있습니다."

역시는 역시다.

함정을 해체하는 데 시간이 걸릴 것 같으니까 그냥 다른 방법을 사용하도록 하자.

"형성."

우우우우웅.

격을 통해서 빛기둥을 소환했다.

"일종의 엘리베이터입니다. 이 기둥 안으로 들어가시면 바로 1층이 나올 겁니다."

"감, 감사합니다!"

"별말씀을."

격이 많이 늘어나면서 이 정도의 현실 조작은 그리 어렵지

우리교황님좀
말려주세요

않은 일이 되었다.

……생각해 보니까 이 능력을 썼으면 굳이 바닥을 뚫고 올 필요 없었네.

이래서 사람이 머리라는 걸 사용해야 한다.

나는 인질들이 빠르게 탈출하는 모습을 확인한 다음, 곧바로 그 기둥을 타고 4층으로 향했다.

파아아아앗-!

시야가 순식간에 바뀌었다.

그리고 곧 시체가 이곳저곳에 널려 있는 4층이 눈에 들어왔다.

우리 교단 전투원들의 시체는 아니었다.

그렇다고 적의 시체도 아니었다.

"인신 공양?"

일반인이 틀림없어 보이는 시체들. 한 가지 특이한 점은 그들에게서는 피 냄새가 나지 않았다.

마치 온몸의 혈액이 빨린 듯한 모양새였다.

"성하."

인상을 찡그리고 있던 루나가 나에게로 다가왔다.

"저희가 4층에 도착했을 때 이미 이런 상황이었어요."

"네가 말한 방어막이라는 게, 저 불투명한 막이지?"

"네."

루나의 말대로 4층 한구석에는 불투명한 막 하나가 생성되어 있었다.

외부에서 안을 들여다볼 수 없는 막.

하지만 내 눈에는 그 막 너머의 모습이 보였다.

"미친 새끼들."

막 너머에서는 정화자 놈들과 다를 바 없는 짓이 벌어지고 있었다.

자신의 가슴에 칼을 꽂아 넣고 있는 놈들부터 시작해서, 희생자들의 피를 향로 위에 뿌려 대는 놈들까지.

"성하, 뭐가 보이세요?"

루나가 철퇴를 어깨에 걸친 상태로 나에게 물었다. 나는 그런 루나를 향해서 고개를 작게 끄덕였다.

"악마들이 보여."

"마기는 딱히 안 느껴지는데."

"신의 흉내를 내는 악마들이야."

"아."

"단숨에 뚫는다. 다들 뒤로 물러서."

내 지시에 따라 막 앞에서 방어진을 형성하고 있던 성기사들과 사제들이 빠르게 뒤로 빠져나왔다.

나는 이를 부드득 갈면서 주먹에 힘을 잔뜩 불어 넣었다. 그리고 있는 힘껏 앞으로 달려 나갔다.

째애애애애앵!

내가 내지른 주먹이 막에 충돌한다.

우리 교황님좀 말려 주세요

유리가 깨지는 소리가 터져 나오면서 곧 불투명한 막이 무너져 내린다.

"제 몸을 그대에게 바칩니다."

"부디 역사를 이루소서."

불투명한 막이 깨지자마자 그 안에서 벌어지고 있던 참상이 적나라하게 드러난다.

"이 씨X 새끼들이!"

루나의 입에서 쌍욕이 튀어나왔다.

루나뿐만이 아니었다.

루나의 뒤에 서 있던 성기사들과 사제들 역시 분노에 휩싸인다.

장막 너머에서는 시체가 즐비했다.

이곳에 인질로 잡혀 있었던 희생자들의 시체가 말이다.

어린아이, 노인, 남녀노소를 가리지 않는 처참한 시체들.

거짓된 신앙에 사로잡힌 이들은 어떻게든 정신을 차리게 할 수 있으나, 이미 목숨이 끊어진 이들은 되살릴 수조차 없다.

"성하! 지금 당장 저 새끼들의 목을……."

"백명교의 짓이다. 백명교가 저들의 정신을 조작하고 있어. 저 사람들도 자신들이 무슨 짓을 저지르는지 전혀 모를 거야."

"……하!"

그렇기에 더욱 끔찍한 비극이다.

저들이 제정신을 차렸을 때, 자신들이 무슨 짓을 벌였는지 깨닫게 되면 어떤 표정을 지을까?

하지만 나는 잠시 그 걱정을 뒤로 미뤄 두기로 했다.

왜냐하면.

아직도 깨닫지 못했느냐? 너는 우리의 편에 서야 한다. 너는 우리와 같다.

이 모든 비극은 인간을 벌레 취급 하는 저 고대 신 놈들이 저지른 거니까.

나는 내 귓가에 울려 퍼지는 목소리를 들으며 숨을 뱉어 냈다.

"X 까는 소리 좀 그만하라고 몇 번째 말하나?"

우리의 증오는 저 불쌍한 이들을 향해서는 안 된다.

우리의 증오가 향할 곳은 오로지 저것들, 신의 형상을 한 악마들이었으니까.

"여기 처리하고, 우리가 미리 파악한 백명교 지부들을 처리한다."

받아 내야 할 죗값이 너무나도 많았다.

그렇기에 나는 애써 분을 억누르면서 앞으로 나아갔다.

우리 교단이 파주의 소요 사태를 빠르게 진압한 후, 전국적으로 소요 사태 진압이 시작되었다.

자현이를 비롯한 정부의 병력이 움직이기 시작했고, 소집 명령에 응한 길드 소속의 각성자들도 마찬가지였다.

디멘션 오프닝 이후로 유례가 없던 소요 사태.

백명교가 짧은 시간 동안 흩뿌렸던 마약은, 그대로 재앙이 되어 대한민국을 휩쓸기 시작했다.

〈백명교가 일으킨 사상 초유의 소요 사태!〉

〈사회에서 소외된 자들에게 내밀어진 독약〉

〈최전선에서 사태를 수습하고 있는 리멘 교단과 김시우 교황!〉

언론들은 이번 사태에 집중했다.

그리고 외신들 역시 이번 사태를 집중 보도했었지만, 외신들은 다른 곳에 시선을 돌릴 수밖에 없었다.

왜냐하면 전 세계를 집어삼킬 대형 이슈가 중동에서 발생했기 때문이다.

〈이슬람 국가들, 지하드 선포!〉

〈고대 신들을 숭배하는 자들이 이슬람 국가들을 침공하기 시작했으

며, 이에 사우디아라비아를 중심으로 아랍 연합이 논의되고 있다〉

제3차세계대전으로 확전될지도 모르는 거대한 전쟁의 서막.

기존의 유니온과 유럽연합의 전쟁과 비교할 수 없을 정도로 거대한 스케일의 전쟁이 발발했다.

중동 전체를 잡아먹을 스케일의 전쟁.

위험성이 얼마나 끔찍했냐면, 항상 이슬람권 국가들이랑 싸워 오던 이스라엘마저도 이슬람 국가들과 공동전선을 형성하겠다는 이야기가 흘러나오고 있을 정도였다.

"……이 새끼들 진짜."

툭.

나는 내 손에 잡혀 있던 백명교의 신도 한 명을 앞에 던지면서 한숨을 내쉬었다.

이곳은 대구.

한때 어느 사이비 종교의 본단으로 불렸던 곳이지만, 지금은 백명교에 의해 완벽하게 세뇌된 희생자들이 모여 있던 곳.

우리 교단에 할당된 마지막 소요 사태 지역이기도 했다.

도심 한복판이라서 그럴까?

정신을 차리고 주위를 둘러보니 미처 대피하지 못한 시민들 몇몇이 본인들의 스마트폰으로 이곳을 촬영하고 있었다.

우리 교황님 좀
말려 주세요

"전투 끝났네?"

"말했지. 김시우 등장했으니까 안전하다고."

"와, 이거 SNS에 올리면 좋아요를······."

몇몇 시민들은 겁이 없는 건지, 아니면 정신머리가 없는 건지.

시체들이 널브러져 있음에도 불구하고 흥미롭다는 듯이 스마트폰으로 촬영을 이어 나갔다.

그 꼴이 정말, 너무나도 역겨웠다.

"찍지 마십쇼!"

"비켜 주세요! 부상자들 이송해야 합니다!"

정부 쪽의 인원들이 돌아다니고 있었지만, 이곳에 파견된 인력만으로 그 많은 시민들을 통제하기는 힘들었다.

참 이질적인 장면이었다.

누군가는 소매를 걷은 채로 나와서 의료진과 우리 교단의 사제들을 돕고 있었고, 또 누군가는 저렇게 폰을 들고 방관하고 있었다.

"역하네."

역한 기분이 드는 것은 왜일까?

오늘 내가 하루 종일 소요 사태를 진압하러 다니면서 정신적으로 피로감이 쌓였던 걸지도 모르겠다.

나는 주먹을 가볍게 쥐었다 펴면서 천천히 시민들을 향해 다가갔다.

그러자 촬영을 이어 나가고 있던 시민들이 나를 향해 손을 흔들며 말했다.

"멋있어요."

"와, 손 좀 흔들어 주세요!"

짜증이 순간적으로 치솟는다.

그러나 그들에게 짜증을 풀 순 없는 노릇이다. 대신에 나는 그들이 들고 있던 스마트폰을 전부 빼앗아 버렸다.

콰지지직.

그리고 그 스마트폰들을 발로 밟으면서 말했다.

"여러분들은 비켜 달라는 말을 도대체 뭘로 듣습니까? 앞에 안 보여요?"

순간 벙찌는 시민들.

그러나 잠시 후, 그들 중 몇몇은 인상을 찡그리면서 소리쳤다.

"말로 하면 되지, 폰을 왜 부숴요?"

"인터넷에서는 착한 척하더니만, 이제 보니까 그냥 양아치네. 경찰 아저씨, 여기요!"

잠시 후, 현장 관리를 도맡고 있던 경찰들이 이쪽으로 달려왔다.

그들은 도착하자마자 나를 향해 고개를 숙였다.

"김시우 교황님, 이제부터 이곳은 저희가……."

"통제 제대로 안 합니까?"

"죄, 죄송합니다!"

나는 나를 향해 연신 고개를 숙이는 경찰관들을 향해 작게 숨을 뱉어 냈다.

그래, 저 경찰관들도 정신없을 텐데 따져서 뭐 해?

대신에 나는 지시에 제대로 협조하지 않는 시민들을 바라보면서 말했다.

"아, 실수. 손이랑 발이 동시에 미끄러져 버렸네?"

"지금 무슨……."

"저희 교단 측에 손해배상 청구해 주세요. 아시겠죠?"

누군가의 불행은 구경거리가 아니다.

적어도 나는 이 꼴을 보고 그냥 지나칠 성격은 아니라서 말이야.

"돌아가는 대로 이쪽 경찰청장한테 불만 제기해. 현장 통제 이따위로 할 거냐고."

"예, 성하."

"그리고 저 사람들이 진짜로 손해배상 청구하면 그냥 뒤로 미뤄. 오케이? 10년 뒤까지 그냥 끌어 버려."

나는 짜증을 내면서 천천히 몸을 돌렸다. 그리고 우리 교단의 병력이 대기 중인 곳을 향해 걸으면서 질문을 이어 갔다.

"다른 쪽 상황은?"

"모든 소요 사태가 성공적으로 진압되었고, 피해 규모가 집계 중입니다. 피해 규모가 저희가 당초에 예상했던 것보다 훨씬 큽니다."

동시다발적으로 일어났던 소요 사태.

그중에는 이곳 대구뿐만 아니라, 인구가 집중된 지역에서 발생한 경우가 꽤 많았다.

당연히 민간인 피해가 큰 지역도 존재했다.

비극적인 참사.

이 모든 것이 백명교, 그 새끼들에 의해 벌어진 짓이다.

백명교를 다시 대한민국으로 받아들인 영수증치고는 너무 과했다.

"지금으로부터 2시간 전, 청와대의 공식 성명이 있었습니다. 백명교를 반국가단체로 지정하며, 백명교와 관련된 모든 것에 내란죄를 적용하도록 하겠다. 이상입니다."

레오가 새로운 정보를 나에게 이야기해 주었다.

이미 각 지역에서 백명교와 연관된 증거들이 쏟아지고 있는 상황이다.

백명교 놈들은 더 이상 숨길 생각이 없어 보였다.

중동에서 벌어지고 있는 사건부터 시작해서, 각 지역의 혼란 상황까지.

녀석들은 무언가 목적을 위해 움직이고 있는 듯 보였다.

"서둘러 움직여. 3기 교육생들의 훈련에 박차를 가해라."

현재, 성지의 대장간은 쉴 새 없이 돌아가고 있다.

정화자와의 전쟁이 아니었기에 천벌 미사일의 생산량은

줄어들었지만, 천벌 쪽에 쏠려 있던 역량 대부분이 장비 생산에 집중되었다.

3기 교육생들을 지켜 줄 장비를 뽑아내기 위해서 말이다.

"백명교의 본대는 어디에 있지?"

내 질문에 레오 대신 루나가 대답했다.

"강릉에 있는 것으로 확인되고 있습니다."

"강릉?"

"네."

"하."

여차하면 더욱 북상을 해서 잃어버린 땅 쪽으로 숨어 버리겠다는 속셈인 것 같은데…….

그렇게 놔둘 수야 없지.

나는 곧바로 전화기를 꺼내서 서 대통령에게 전화를 넣었다.

-예, 김시우 교황님.

"백명교 측에서 잃어버린 땅 쪽으로 도주하려는 낌새가 보입니다."

-구 휴전선 일대에 병력을 강화시키도록 하겠습니다. 그리고 해군도 동해 쪽으로 파견하겠습니다.

"예, 감사합니다."

백명교 새끼들은 여전히 바뀐 게 없다.

불리하니까 잃어버린 땅으로 도주하려는 거 봐라.

예상되는 수단은 육로로 도망치거나, 아니면 밀항을 하거나 둘 중 하나인데 말이지.

녀석들을 그냥 돌려보낼 수는 없다.

"가용 병력 전부 모아서 개성 전초기지 쪽으로 집결시킨다. 개성에서 동진하여 백명교의 도주로를 차단한다."

"알겠습니다."

내가 뒤끝 하나는 자신 있거든.

나는 몸을 가볍게 풀면서 빠르게 움직였다.

아직 우리의 밤은 끝나지 않았다.

※

정부의 움직임은 신속했다.

해군과 해경을 동원하여 밀항을 원천에 봉쇄하였으며, 결국 백명교 놈들은 예상대로 동해안을 타고 북상하는 수밖에 없었다.

나는 이미 정부 측에 충돌을 최대한 양해해 달라는 부탁을 했다.

정부 측의 병력이 백명교와 정면충돌해서 좋은 건 하나도 없었기 때문이다.

대신 정부가 보유한 가장 날카로운 칼 한 자루는 빌렸다.

"형님이 부탁하시면 어디든지 가죠."

"이곳저곳 불려 다니느라 고생이 많다, 자현아."

"별말씀을."

딱 자현이만 빌렸다.

나머지 인원들은 기동력만 저하시킬 뿐이다.

게다가 소요 사태 이후, 혼란스러워진 내부 상황을 정리해야 했기 때문에 정부의 인력이 너무나도 부족한 상황이다.

그래서 그냥 자현이만 요청했고, 정부에서도 순순히 내 요청을 받아들였다.

"여기가 금강산인가?"

자현이는 어둠이 내려앉은 산을 둘러보면서 작게 감탄사를 내뱉었다.

"언제 한번 금강산 놀러 와 보는 게 소원이었습니다."

"소원이 참 많아?"

"소원도 다다익선이죠, 뭐. 많을수록 좋잖아요?"

가장 최근에 수복한 지역 중 하나인 금강산.

기존에는 언데드들이 숨어서 게릴라를 이어 나가고 있던 지역이었으나 한 달 전에 완벽하게 통제권을 되찾았다.

가장 최근에 되찾은 지역임과 동시에 가장 취약한 지역이기도 했다.

"길드 연합 쪽에서는 백명교의 뒤에서 압박하기로 했습니다."

이번 작전에 참가한 측과 소통을 맡고 있는 레오가 나에게 말했다.

작전의 요지는 간단하다.

우리가 앞에서 백명교를 가로막고, 뒤에서는 대형 길드에 소속된 인원들이 포위를 하는 것.

일종의 샌드위치 작전이라고 보면 된다.

나는 레오의 말에 천천히 고개를 끄덕였다.

"백명교 본대의 위치는?"

"20분 후면 선두가 보일 겁니다."

"대교구장이 포함되어 있는지는 확인되었어?"

"그것까지는 잘 모르겠습니다만, 성기사 5백 명, 사제 4백 명 규모로 파악되고 있습니다. 그리고 각지에서 모집한 광신도들이 그들의 뒤를 따르고 있습니다. 총 2천을 넘는 병력입니다."

"놈들도 긁어모으니까 숫자가 꽤 많네."

"중국 북부에는 수십 배가 넘는 병력이 자리 잡고 있는 것으로 파악됩니다."

"중국과의 국경선 쪽은 어때?"

"아직 별다른 움직임이 없습니다."

중국 쪽에서 이제 어떻게 나올지 예상할 수가 없었다.

백명교에 많은 실권을 넘겨준 상황.

최악의 경우에는 녀석들이 압록강과 두만강을 넘어서 싸움을 걸어올지도 모르는 일이다.

이미 중동 전쟁 발발로 인해서 정세가 혼란스러운 상황이었으니까.

그렇기 때문에 백명교 놈들을 여기서 제거해야만 한다.

이 녀석들이 잃어버린 땅 내부로 들어가는 순간, 대한민국은 몸속에 폭탄을 안고 가는 꼴이 되어 버리니까.

"소요 사태를 진압하면서 느꼈겠지만, 신성력의 장점을 이용할 수 없는 전투가 될 거다."

"예, 알고 있습니다. 에덴에서의 경험을 되살려서 충분히 교육을 해 두었습니다."

정화자뿐만 아니라 고대 신의 세력까지 염두에 두었던 훈련들.

신성력을 사용하는 집단 간의 전투에서는 결국 군기와 전술, 그리고 순수한 힘이 판을 가른다.

내가 자현이를 데려온 이유도 바로 거기에 있었다.

이레귤러야말로 판도를 바꿀 수 있는 최고의 카드니까.

"나랑 자현이 둘이서 적진을 헤집을 거니까, 나머지 병력을 통솔해서 찢어진 병력을 전부 격퇴해. 그건 중국 내전에서 수차례 경험했잖아?"

"알겠습니다."

중국 내전은 우리 교단의 전투원들에게 많은 걸 학습시켜 주었다.

개인의 무력부터 시작해서 각종 전술 행동까지.

그리고 그 경험은 이번 전투를 통해 3기 교육생들에게도 전수될 것이다.

"전초전이다."

고대 신들과의 전면전이 코앞까지 다가왔다.

이번 전투는 그 전쟁의 시작을 알리는 전초전이 될 것이다.

병력은 비장한 표정으로 고개를 끄덕였고, 나는 그들을 향해 조용히 말했다.

"살아남아라. 그게 제일 중요하다."

"예!"

"알겠습니다!"

저 멀리 산어귀에서 희미한 불빛이 보였다.

백명교의 병력이 서서히 산으로 진입하고 있는 듯했다.

나는 그 불빛을 바라보면서 주먹을 가볍게 움켜쥐었다. 그리고 나지막한 목소리로 말했다.

"어서 와. 금강산은 처음이지?"

사실, 나도 처음이긴 한데.

뭐, 어찌 되었든.

교단의 적들이 마침내 우리의 아가리 속으로 걸어 들어오고 있었다.

불경한 전쟁

시작은 자현이의 이기어검이었다.

푸우우욱.

산의 어둠 속에 스며든 자현이의 검이 선두에 서 있던 백명교 성기사의 목을 꿰뚫고 지나갔다.

그는 비명조차 내지르지 못한 채로 목숨을 잃었다.

그리고 잠시 후, 동료가 죽은 걸 확인한 백명교도들이 일제히 소리를 질렀다.

"매복이다!"

"전군 전투준비!"

백명교의 성기사들은 저마다의 무기를 꺼냈다.

철퇴나 검을 주로 사용하는 우리 교단의 성기사들과는 달리, 백명교의 성기사들은 주로 창을 들고 있었다.

우리 교단과는 편제부터가 달랐다.

특히 사제.

백명교의 사제들은 딱 봐도 후방 쪽에 배치되어 있었다.

우리 교단의 사제들 중 일부가 최전선에서 싸우는 전투 사제들인 것과 대비되는 모습이었다.

"휩쓸어!"

곳곳에 매복해 있던 우리 교단의 병력이 일제히 앞으로 달려 나갔다.

이제부터는 순수한 물리력의 승부다.

우리 교단을 항상 악으로부터 보호해 줬던 신성력은 이번 전투에서 큰 힘을 발휘하지 못한다.

카아아아아앙-!

신념과 신념의 충돌.

그 어느 때보다 순수한 물리력의 충돌.

"리멘님을 위하여!"

"갈망이시여! 내 몸을 가져가시옵소서!"

원초적인 형태에 가까운 순수한 전투가 시작된다.

어둠으로 가득 찼던 산어귀는 순식간에 찬란한 빛에 물든다.

서로 다른 신앙을 품은 성기사들과 사제들이 내뿜는 빛이 어둠을 몰아낸다.

하지만 어둠이 사라진 자리를 대신하는 것은 성스러운 정의나 가슴 뜨거워지는 희망이 아니었다.

"끄아아아악!"

고통과 비명.

신념끼리 맞부딪친 자리는 결코 숭고하지도, 명예롭지도 않았다.

핏빛으로 물든 신념들.

한 발자국도 물러설 수 없는 충돌이 계속해서 이어진다.

불경할 정도로 섬뜩한, 그런 전투가 말이다.

"하아."

나는 숨을 크게 뱉어 내면서 모든 전장을 눈에 담았다.

나보다 앞서서 전장에 뛰어든 자현이는 그 누구보다 신속하게 전열을 흩뜨려 놓는다.

나만큼은 아니지만 자현이 역시 일생을 전장에서 살아온 게 보인다.

적들을 효과적으로 분쇄할 줄 안다.

지도부를 우선적으로 섬멸한 후, 적들의 사이사이에 뛰어들면서 이음새를 끊는다.

적들은 서로 같은 전장에 있음에도 철저하게 고립당한다.

그리고 그 고립의 대가는 오직 죽음뿐이다.

─선발대를 제압하는 건 쉬운데…… 형님은 도대체 언제 움직이시려는 겁니까?

슈트에 내장된 통신기를 통해 자현이의 목소리가 흘러들어 왔다.

나는 몸을 풀면서 간단하게 답했다.

"원래 보스는 가장 마지막에 움직이는 거야."

─대교구장은 감지됩니까? 대교구장이 이레귤러급이라면서요.

"글쎄다. 아직까지는…… 안 보이네."

대교구장이 보유한 힘은 분명히 이레귤러급이다.

정부에서 공인하진 않았지만, 나는 지난 만남들을 통해 확신할 수 있었다.

고대 신들로부터 직접 세례를 받은 여자.

그녀가 만약 이번 전투에 가담한다면?

아름다운 금강산에 대한 이야기는 우리 세대에서 마지막을 맞이하게 될지도 모른다.

나는 저 멀리서 접근하기 시작한 백명교의 본대를 바라보면서 말을 이어 갔다.

"백명교의 본대가 전투에 참전한다."

─확인했습니다. 어떻게 할까요?

"선발대 정리에 집중해. 본대 쪽은 내가 직접 나설 테니까, 너는 우리 교단 식구들 좀 신경 써 줘라. 한 명 다칠 때마다 너한테 책임을 가중해서 물을 거야. 알겠지?"

어느새 공기에 피 냄새가 진득하게 섞여 들어갔다.

백명교의 신도들이 자신들의 신을 부르짖으며 죽어 나갈 때, 드디어 본대가 산어귀로 진입한다.

"신속하게 움직여!"

"숫자는 우리가 더 많……."

백명교의 지휘관들이 병력을 독려하면서 본격적으로 전개해 나가려던 찰나, 나는 곧바로 뛰어올랐다.

쿠우우웅.

백명교의 선발대와 본대의 합류 지점.

그 지점에 가볍게 안착했다. 그다음, 조용히 백명교의 본대를 바라보았다.

빠르게 전장에 진입하던 그들은 나를 마주하자마자 돌처럼 그 자리에서 굳었다.

나는 아무 말 없이 그들을 살폈다.

대교구장은 눈 씻고 찾아봐도 없었다. 그렇다면 이 병력 말고 다른 병력이 있는 걸까?

아니면, 대교구장만 따로 한반도에서 빠져나간 걸까?

"직접 심문해 보면 알겠지. 내가 너희한테 물어봤자 순순히 대답해 주진 않을 거잖아?"

"김시우우!"

수우우우우욱—.

녀석들 사이에서 건물 기둥만 한 거대한 창 하나가 위협적으로 날아왔다.

공성 병기를 떠올릴 만큼 엄청난 크기.

그러나 나는 그 거대한 창을 가볍게 주먹으로 후려쳤다.

콰아아아앙.

주먹과 창이 맞닿는 순간, 거대한 폭음이 울려 퍼졌다.

창날은 종이처럼 구겨졌고, 창날을 지탱하던 창대는 먼지처럼 바스러진다.

"살짝 매콤하네. 더 없어?"

내가 보여 준 차력 쇼를 두 눈으로 목격한 백명교 신도들의 얼굴에서는 두려움이 빠르게 전염됐다.

압도적인 힘 앞에서는 공포를 느끼는 게 당연하다.

아무리 신념으로 무장한 광신도라고 하더라도, 인간의 범주에서 아득히 벗어난 힘을 마주하면 두려워할 수밖에 없다.

하지만 어디에나 별종은 있는 법.

백명교의 본대 사이에서 누군가의 처절한 목소리가 튀어나왔다.

"김시우! 네 녀석이 우리의 정의를 거부하고, 우리를 핍박한다고 하더라도 상관없다. 결국, 새로운 질서가 이 땅 위에 세워질 것이니, 네 녀석이 모시는 신 역시 그 질서 밑에―."

나는 단숨에 그 사이를 비집고 들어가서 그 목소리의 주인공을 찾아냈다.

그리고 천천히 그 녀석의 목을 잡고 들어 올렸다.

"핍박은 이럴 때 쓰는 단어가 아니지."

내 주위를 둘러싼 백명교의 신도들은 떨면서 무기를 쥐고 있기만 할 뿐, 그 누구도 나를 향해 뻗지 못했다.

녀석들도 이미 안다.

나에게 공격을 하는 순간, 본인들에게 어떤 일이 벌어질지를 말이다.

나는 나를 바라보면서 떨고 있는 백명교의 신도들을 향해 나지막하게 말했다.

"현 시간부로 대한민국의 이레귤러로서, 내란죄를 비롯한 각종 범죄를 저지른 흉악범들을 제압할 거야. 시작하기 전에 한 번만 물을 테니까 잘 들어. 저항할 의지가 없으며 협조할 의사가 있는 인원들은 당장 무기를 내려놓고 투항해라. 딱 5초 준다."

그러나 아무도 무기를 내려놓지 않았다.

새끼들, 꼴에 자존심은 있네.

"그래, 이래야 재밌지."

순순하게 무장을 해제할 거라고는 생각지도 않았다.

만약 녀석들이 쉽게 항복할 거였다면 애초에 이 한밤중에 금강산을 통해서 도망치지도 않았겠지.

"끄아아아아아—."

나는 손에 들고 있던 놈을 하늘 높이 던져 버린 다음, 활짝 미소를 지었다. 그리고 백명교의 신도들을 둘러보면서 말했다.

"그럼 지금부터 강제 집행에 들어간다. 항복하고 싶으면 두 팔 들어."

그 두 팔 모두 내가 부러뜨리겠지만 말이지.

꿈

결론부터 말하자면, 전투는 날이 밝을 때까지 이어졌다.

여름이라서 그런지 날이 금방 밝아지기도 했는데, 문제는 백명교의 잔당들이 도주를 선택하면서 발생했다.

"샅샅이 수색해!"

"단독 행동은 금물이다. 혼자서 다녔다가는 각개격파 당한다!"

"예!"

당연하게도 전투의 승기를 잡는 건 쉬웠다.

자현이와 나, 이 쌍두마차를 통해 전장을 뒤집어 놓았는데, 전투가 어렵게 흘러갈 리가 없다.

전술핵급의 비대칭 전력을 보유하고서도 전투를 어렵게 끌고 나가면 그건 그냥 머저리나 다름없다.

문제는 전투 이후에 발생했다.

패잔병이 되어 버린 백명교의 잔당들은 저항을 이어 나가는 대신 금강산의 산세 속으로 몸을 숨겨 버렸다.

졸지에 유격전이 시작된 거다.

"이 새끼들이 무슨 빨치산도 아니고, 어? 유격전이 뭐야, 유격전이!"

"형님, 근데 빨치산이 뭡니까?"

"어떻게 빨치산을 몰라. 너, 군대 안 갔다 왔어?"

"군대 대신 중원 다녀왔는데요."

"나는 이세계도 다녀오고, 군대도 다녀왔어."

"역시 형님이십니다. 대단하십니다."

"……너, 요새 머리가 많이 컸다?"

애초에 이런 식의 유격전은 승리를 위한 유격전이 아니다.

노골적으로 시간을 끌겠다는 의사 표명이었다.

아무리 우리 교단이라고 할지라도, 이 드넓은 산속으로 숨어든 녀석들을 완전히 색출해 내는 건 불가능하다.

라파엘의 기술력을 빌리면 모를까.

이럴 때마다 참 라파엘이 그립다.

라파엘이 있었으면 진작에 드론으로 싸그리 잡아 줬을 텐데.

"대놓고 시간을 끌겠다는 거네. 이제는 아예 노골적이다."

백명교는 싸울 의지가 없어 보였다.

일부 광신도들이나 신의 이름을 부르짖으며 싸웠지, 녀석들이 세워 둔 전략과 전술에서는 승리에 대한 야망을 찾아볼 수가 없었다.

오로지 지연책.

어떻게든 우리 교단의 발을 묶고 시간을 끌려는 속셈이었다.

"대교구장은 끝내 안 나타났네요."

자현이는 흙바닥 위에 검을 꽂아 넣으면서 한숨을 내쉬었다.

"어디로 빠졌는지 원."

"어쩌면 이미 한반도에서 떴을 수도 있겠다."

"지금 현상 수배 되지 않았나? 음…… 현상 수배가 의미가 없긴 하겠다."

이레귤러급의 강자에게 현상 수배가 먹힐 리가 있나.

탈출하고 싶으면 탈출하는 거고, 하고 싶은 대로 할 수 있는 게 이레귤러급의 각성자다.

이로써 대교구장이 국내에 체류하고 있을 가능성은 대폭 줄어들었다.

"이미 한반도에서 발 뺀 것 같은데."

처음부터 다시 가정해 보자.

이 녀석들은 우리 교단의 발을 묶기 위해서 대한민국에 들어왔다.

그렇게 생각하면 지금처럼 지연전을 펼치는 것도 충분히 이해가 간다.

게릴라, 그러니까 유격전만큼 시간을 끌 수 있는 방법은 없으니까.

이런저런 추론의 과정 끝에 우리는 한 가지 결론에 도달할 수 있었다.

"결국, 중국 북부 쪽으로 진격해야 하나?"

백명교의 제단들이 빠르게 건설되고 있는 중국.

우리 교단이 중국 대륙에 신경을 못 쓰게 만든 다음, 그곳에서 무언가 시커먼 음모를 꾸미고 있는 게 틀림없다.

정화자 놈들이 시안을 급습한 것도 꺼림칙한 상황이고 말이지.

"세민이 형은 중국에서 대기 중이죠?"

"그렇지."

"동원할 수 있는 전력은 그 정도인가…… 중국이 둘로 나뉘었다고는 해도, 겉으로는 아직 하나잖아요. 북경의 정부가 정통성을 가지고 있는 것도 맞고."

"문제가 바로 그거야."

백명교에게 잡아먹혔다고 하더라도 일단 중국은 아직까지 주권국가다.

중국 남부가 아니라 중국 북부 내륙으로 진입하기 위해서는 우리 교단의 병력만으로는 한계가 있었다.

즉, 이번에도 연합 전선을 형성해야 하는데…… 이게 사실 진짜 복잡한 문제다.

"나조차도 확신할 순 없어."

정보도, 명분도 없다.

중국 내륙에서 뭔가 일이 벌어지고 있는 건 확실한데, 어떤 일이 벌어지는지 모르니까 명분을 마련할 수가 없었다.

게다가 대한민국에 소요 사태가 일어나면서 상황이 아주 혼란스럽게 흘러가고 있었다.

들려오는 정보에 따르면 일본도 비슷하고.

"이러다가 골든 타임을 놓칠 것 같은데."

여태까지 안일하게 백명교를 내버려 두었던 결과가 이번 소요 사태였다. 즉, 질질 끌수록 더욱 큰 재앙이 일어난다는 소리다.

틈틈이 고대 신에 관한 정보를 전달해 주던 테라조차도 2주째 연락이 없는 상황.

여기서부터는 정말 미지의 영역이다.

"골치 아프네."

"같이 머리 싸매고 고민이라도 해 보죠, 형님."

"그러면 뭐 답이 나올까?"

"혼자서 고민하는 것보다는 낫잖아요."

지금부터는 교단의 모든 역량을 동원해서라도 전략을 구상해야만 한다.

어쩌면 정화자와의 전쟁보다 더 많은 것들을 준비해야 할지도 모른다.

세계 각지에서 전쟁의 불길이 거세게 타오르고 있었기에, 단순히 중국에서 끝날 문제가 아닐지도.

그렇게 내가 머리를 이리저리 굴리고 있을 때.

띠리리링-.

주머니에 넣어 둔 전화기가 울렸다.

발신인은 이능관리부의 김 실장.

전투의 결과에 대해서 묻고 싶어서 전화를 한 걸까?

"예, 김 실장님. 현재 백명교의 잔당을 추격하고 있는 중입......."

그때였다.

전화기 너머로 다급한 목소리가 전해져 왔다.

-지금으로부터 7분 전, 신의주 일대에서 중국 정부군과 소규모 국지전이 발생했습니다. 전투 규모는 양측 합쳐서 3백 명 정도고, 전면전으로 확전될 가능성을 배제할 수 없을 것 같습니다. 이에 NSC가 소집되었습니다. 교황님과 천자현 각성자에게도 소집 명령이 떨어져서, 이를 통보하기 위해 급히 연락을 드렸습니다.

"......이 새끼들이 뭘 잘못 처먹었나."

뭔가, 뭔가 잘못 흘러가고 있었다.

※

백명교의 잔당을 산속에서 추격하는 임무는 레오와 루나에게 일임한 다음, 나는 곧바로 자현이와 함께 세종시 신청

와대 지하에 위치한 벙커에 도착했다.

그곳에는 대통령을 비롯한 NSC의 구성원들이 모조리 소집되어 있는 상태였다.

"상황 보고부터 시작하지."

회의를 주도하는 건 당연히 서 대통령이었다.

서 대통령의 말에 국방부 장관이 고개를 숙이면서 보고를 시작했다.

"현재 신의주 북부 지역에서 중국 정부 소속의 각성자들과 충돌이 일어났습니다. 아군 사망자는 현재 60명이 넘어가고 있으며, 국경 검문소를 점거당한 상태입니다. 이에 따라 강채아 각성자를 비롯한 전담팀을 구성, 검문소 수복을 위한 작전을 개시했습니다."

"적의 병력 규모부터 말씀해 주시지요."

"정보원에서 파악한 중국의 S급 헌터 목록 중, 다섯 명이 포함된 규모입니다."

"강채아 각성자 혼자만으로 가능한 겁니까?"

"도깨비 길드의 최 대표를 비롯하여 각 길드의 S급 헌터들도 이번 작전에 협조하고 있습니다."

"후."

서 대통령은 주머니에서 약봉지를 꺼내더니, 곧 그 약을 물과 함께 목으로 넘겼다.

"예의도 없는 새끼들. 새벽에 이딴 짓을 벌여?"

우리 교황님 좀
말려주세요

시간은 새벽 4시.

아직 잠에 들어 있어야 할 시간이지만, 중국의 기습은 이 야심한 시각을 틈타 이루어진 것 같다.

서 대통령은 숨을 크게 내쉬었다. 그리고 이번에는 국정원 장과 외교부 장관을 번갈아 보면서 물었다.

"중국 정부 측에서는 별말 없습니까?"

"현 시간까지 그 어떤 반응도 없습니다."

"하."

S급 헌터들이 동원될 정도의 작전이라면 절대로 우발적인 게 아니다.

이레귤러나 디재스터급에 비할 바는 아니지만, S급 각성자들 역시 핵심 전력이기 때문이다.

"중국 정부와 연결은 됩니까?"

"응답이 없습니다."

"전쟁이라도 하자는 거야, 뭐야!"

서 대통령의 머리숱에 흰머리가 유독 늘어난 것 같은 건 단순한 기분 탓일까?

나는 서 대통령을 향해 넌지시 말했다.

"지금이라도 자현이를 파견해서 싸그리 몰아내 버리시 죠."

"천자현 각성자가 피곤하지 않겠습니까. 방금 전까지만 하더라도 백명교와 전투를 했는데……."

"저는 괜찮습니다, 대통령님."

자현이가 어깨를 으쓱이며 말했다.

"상황이 이러한데, 쉬는 게 오히려 더 불편하죠. 지금 강채아 각성자는 어디쯤입니까?"

그 말에 국방부 장관이 답했다.

"현재 개성 전초기지를 지나고 있을 겁니다. 헬기를 이용해서 이동 중입니다."

"지금부터 부지런하게 뛰면 따라잡겠네요. 대통령님, 저를 신의주로 파견해 주십시오. 빠르게 일을 끝내겠습니다."

"좋습니다, 천자현 각성자. 부탁합니다."

자현이는 곧장 자리에서 일어나서 벙커 밖으로 나갔다.

자현이의 경공술이라면 아마 강채아 씨보다 훨씬 더 빠르게 현장에 도착할 것이다.

문제는 단순히 검문소를 되찾느냐 마냐가 아니다.

"확전 가능성이 높습니다."

이대로라면 전쟁이 벌어지게 된다.

그것도 중국과의 전면전.

반전 여론에 휩싸였던 대한민국이었지만, 중국 쪽에서 국경을 넘어 우리 검문소를 공격했다는 이야기가 보도된다면 상황은 뒤바뀌게 될 것이다.

"불법적인 군사행동으로 유혈 사태가 발생했습니다. 이건 그냥 넘어가서는 안 됩니다."

서 대통령은 이 자리의 그 누구보다 격한 목소리로 이야기를 이어 나갔다.

서 대통령은 호전적인 인물이 아니다.

계산이 빠른 사람이고, 두뇌 회전이 빠른 사람이다.

그가 지금 이렇게 강경하게 나서는 건 절대로 감정적인 선택이 아니었다.

"이미 저들은 전쟁을 생각하고 있습니다."

"대통령님, 그건 너무 앞서간 의견이 아닐지……."

"글쎄요? 일방적인 군사행동 뒤 어떤 입장 표명도 없다. 이런 상황에서 우리가 내려야 하는 판단은 하나뿐입니다. 안 그렇습니까, 김시우 각성자님?"

NSC가 진행되는 자리인 만큼, 서 대통령은 이번엔 나를 '교황님'이 아닌 '각성자님'으로 호칭한다.

이곳에서만큼은 나를 '리멘 교단의 교황'이 아니라 '대한민국의 이레귤러'로 대우하겠다는 의미기도 했다.

나는 서 대통령의 질문에 천천히 고개를 끄덕였다. 그리고 NSC 참석자들을 둘러보면서 말했다.

"저 역시 그렇게 생각합니다. 다만."

"다만?"

"중국 정부에서 무슨 생각으로 전쟁을 벌이려는 건지는 잘 모르겠습니다. 현재 중국 정부는 정화자로부터 대대적인 공격을 받고 있는 상황입니다. 그런 상황에서 양면 전선을 열겠다는 건…… 솔직히 말해서 자살행위라고밖에 안 보여서요."

백명교가 강대한 세력을 자랑하고 있는 건 맞다.

비록 대한민국에서는 빠르게 밀려났지만, 중국 북부 일대에서는 엄청난 영향력을 행사하고 있는 상황이다.

하지만 아무리 백명교라고 하더라도 이런 상황에서 전선을 두 개나 동시에 감당할 수 있을까?

"지난번 내전을 통해 중국 정부군은 큰 손실을 입은 상태입니다. 게다가 중국 남부의 병력도 제대로 동원할 수 없는 상황이고, 이레귤러의 숫자도 둘뿐입니다."

중국이 자랑하던 네 명의 이레귤러 중 그들에게 남은 건 오로지 둘뿐이다.

이세민은 중국 정부로부터 독립했으며, 왕웨이는 내 손에 의해 사망했다.

남은 이레귤러는 나와 안면이 있는 순 리, 그리고 류 하오쥔이라는 순 리의 부하 둘뿐.

중국 정부 단독으로 우리와 겨루는 것은 사실상 불가능한 일이라고 할 수 있었다.

대한민국은 중국과는 달리 전력이 대폭 강화된 상태였으니 말이다.

하지만 그럼에도 녀석들은 전쟁을 일으킬 기세다.

그렇다는 말은 둘 중 하나다.

"진짜 단체로 정신이 나갔거나, 아니면 두 전선 모두를 감당할 수 있다거나."

"정말 그들이 감당할 수 있겠습니까?"

"그건 모릅니다, 대통령님. 저희들은 아직까지 백명교가 숨겨 둔 전력이 어느 정도인지 잘 모르니까요."

고대 신들의 영향력이 강해지고 있는 지금.

어쩌면 백명교의 힘은 우리가 파악한 것 이상일지도 모른다.

내 말을 가만히 듣고 있던 서 대통령은 고개를 끄덕였다. 그리고 참석자들을 둘러보며 말했다.

"지금부터 전면전을 염두에 두고 전략을 설정하도록 하겠습니다. 오전 9시까지 엠바고를 걸겠습니다. 국방부에서는 이런 경우에 상정한 작전 계획을 수립해 뒀습니까?"

"예, 대통령님. 현 상황과 관련된 작계가 준비되어 있습니다."

"좋습니다. 그럼 바로 작전 계획 브리핑을 듣도록 하겠습니다."

피할 수 없는 물결이 거세게 다가오고 있었다.

어쩌면 모든 걸 집어삼킬지도 모르는, 그런 거대한 물결이 말이다.

오전 9시.

엠바고가 풀리면서 언론사들이 일제히 보도를 시작했다.

《(속보)신의주 국경 검문소, 한때 중국의 각성자들에게 불법점거 당해!》

〈아군 피해 상황 : 전사 67 부상 110〉

〈데프콘 2 격상! 국방부 대변인 '예비군 소집은 아직 계획 없다. 최근 현대전의 양상에 따라 불필요한 병력 소집은 최대한 자제할 것.'〉

〈서신우 대통령, '중국의 불법 군사행동을 규탄하며, 대한민국 정부는 그 어떠한 외세의 압력에도 굴복하지 않을 것이다.'〉

중국 내전이 끝난 지 얼마나 되었다고 이런 일이 벌어지는지는 모르겠다.

하지만 이번 경우는 중국 내전과 전혀 경우가 달랐다.

중국 내전은 그저 남의 나라 전쟁이었지만, 이번 사건은 아니다.

대한민국의 국토가 침범당했고, 대한민국의 각성자들이 살해당했다.

그것도 무참히.

당연히 대한민국의 여론은 분노로 들끓어 올랐다.

[제목: 저는 평화주의자입니다.]

내용: '그 나라'가 멸망하는 것이야말로 진정한 평화라는
것을 이제야 깨달았습니다.

-이게 진짜 맞음

-지금이라도 피난 가야 하냐?

└장담하는데, 지금 대한민국보다 안전한 나라 전 세계 어
디에도 없다?

└걍 죽더라도 여기에서 죽어야지 뭐.

-지금 중동 상황 끔찍하던데…….

-저쪽에서 그냥 대놓고 전쟁하자는데 어떻게 피함?

반전 여론?

그건 이미 사라진 지 오래다.

이런 분위기 속에서 전쟁에 반대하는 사람들이 있을 수가
있나.

"녀석들은 피를 원하는 거야."

이곳은 우리 교단의 집무실 안.

나는 갑작스럽게 찾아온 불청객을 바라보면서 눈살을 찌
푸렸다.

내 허락도 없이 미니 냉장고에서 콜라를 꺼내 마시고 있는
그녀의 이름은 바로 테라였다.

"갑작스럽게 연락이 끊겼다가, 또 갑작스럽게 나타나서는

하는 짓이 콜라 도둑이냐?"

"콜라 맛있잖아. 너도 한잔하든가."

"하아."

"요새 리멘으로부터는 연락 따로 없지? 차원 연결이 불안정하거든. 저쪽에서 에덴과의 연결을 의도적으로 차단하고 있어."

"리멘을 의식하고 있다?"

"그래도 한 차원의 주신이니까, 당연히 의식할 수밖에 없지."

이쯤 되니까 한 가지 의문이 있다.

신성력이라는 건 기본적으로 신격과의 연결을 통해서 유지된다.

신앙을 담보로 신격으로부터 신성력을 빌려 오는 개념.

즉, 차원 간의 연결이 멀쩡해야지만 제대로 유지될 수 있는 거다.

그런데 현재 에덴과 지구는 단절이라고 불러도 될 정도로 연결이 불안정하다.

이런 상황에서 어떻게 우리 교단의 신성력이 유지되고 있는 걸까?

"중개기 성능이 확실하잖아."

테라는 내 생각을 읽었는지 웃으면서 말했다.

"리멘이 너에게 신격을 어느 정도 이전해 둔 상태기도 하고…… 너도 내심 알고 있었을 텐데."

"뭐가?"

"신도가 많아질수록 네 힘이 불어나고 있다는 거."

테라의 말이 맞다.

그 누구보다 교단의 성장세를 실감하는 게 바로 나다.

지금까지 리멘의 힘이 강해지니까 그 밑에 있는 나도 강해지는, 그런 개념으로 생각하고 있었다.

하지만 그게 아니었던 모양이다.

"사실상 지금도 리멘 교단이라기보다는 김시우 교단에 더 가깝지. 아니야?"

그녀의 말을 완전히 부정할 수는 없었다.

"이제는 리멘과의 연결이 아예 끊긴다고 하더라도 너는 계속 신격으로서 존재할 수 있어. 무게 추가 네 쪽으로 많이 기울었거든. 일종의…… 그래, 독립이라고 생각하면 되겠다."

"리멘이 나를 독립시킬 준비를 하고 있다는 거냐?"

"거기까지는 이야기해 줄 수 없지. 둘의 문제는 둘이서 해결하라고. 연애 상담 들어 줄 처지는 아니라서."

테라는 힘겹게 미소를 지었다.

스르륵.

그녀의 형체에서 빛 가루와 비스무리한 게 살짝 휘날렸다.

"2주 동안 정신없이 차원 균열을 막고 다니기는 했는데,

빌어먹을 형제자매님들께서 작정을 하고 밀고 들어오시더라. 좀 힘들다."

테라는 한숨을 내쉬면서 손가락을 튕겼다.

그러자 허공에 홀로그램창이 떠올랐고, 그 홀로그램창을 통해 두 곳의 상황이 생중계된다.

한 곳은 중동.

한 곳은 시안.

두 곳 다 현재 전쟁에 휩싸인 장소였다.

"중동 지역의 상황이야. 보다시피 저항이 거세. 내가 기대했던 것 이상으로 해 주고 있어."

통합된 중동의 힘.

지구의 그 어느 지역보다 종교의 영향력이 강했던 지역인 만큼, 그들은 고대 신들에게 목숨을 걸고 저항하고 있었다.

덕분에 아직까지 고대 신들의 진격 속도가 그리 빠르지 않았다.

그리고 그다음은 시안.

끼기기기긱.

끼기긱.

시안에서는 언데드들이 거칠게 신성 결계를 압박하고 있었으며, 그 선두에는 수려한 외모를 지닌 흑발의 청년 하나가 서 있었다.

"무명."

나는 단 한 번도 마주한 적 없던 정화자의 리더.

증오해 마지않는 적이었고, 그건 지금도 마찬가지다.

무명은 얼굴 가득 미소를 품은 채로 학살을 이어 나가고 있었다.

손에서 뻗어 나온 흑색 발톱이 백명교의 신도들을 무참히 찢어 버렸고, 녀석의 뒤로 마족들과 언데드들이 끝도 없이 몰려온다.

"원래는 이놈이야말로 내가 준비하고 있던 또다른 보험이었지. 뭐로 막든, 일단 고대 신들을 막는 게 우선이었거든."

"내 앞에서 저 새끼 세탁기 돌릴 생각하지 마라."

"뭐…… 그렇다고. 지금은 나도 너한테 올인하고 있잖아? 그런데 저 인간이 내가 생각했던 것과 조금 다르게 움직였어. 영물을 둘이나 처먹었단 말이야."

베스와 루돌프가 경고했던 바로 그 지점.

역시, 예상대로 영물들을 죽였던 건 저놈의 소행이었던 것 같다.

나는 무명이 어째서 백명교를 공격하고 있는지 금세 알아차릴 수 있었다.

영물을 먹으면서 힘을 키운 저 녀석이 백명교, 그러니까 고대 신을 공격하려는 이유는 하나뿐이다.

"고대 신마저도 집어삼키겠다는 거네."

"맞아. 저 인간은 내가 지금까지 본 인간 중에서 가장 탐

욕스럽거든. 인간의 용어를 빌리자면…… 교황, 네 안티테제
랄까?"

테라는 들고 있던 콜라를 먼지로 만들어 버렸다. 그리고
그 먼지를 가볍게 숨을 불어 날려 보냈다.

"내가 처음에 계획했던 것과 다르긴 하지만, 결국 무대는
완성되었어. 그리고 이제 주연과 조연도 모두 입장했지. 이
제부터는 전적으로 네 몫이야, 교황."

테라가 나를 바라본다.

호박색으로 물든 그녀의 눈동자 너머로 내 모습이 보인
다.

"날 실망시키지 않길 바라."

그 말에 나는 코웃음을 치며 답했다.

"너를 위해서 싸우는 게 아니니까 착각은 집어치워라."

"나쁜 남자네. 이래서 리멘이 넘어간 건가?"

"나는 내 사람들을 지키기 위해서 싸우는 거야."

피할 수도, 도망칠 수도 없는 전쟁이 다가왔다는 것이 피
부로 느껴졌다.

하지만 바뀌는 건 없다.

내가 그저 지금까지 해내 왔던 것처럼, 그대로 해내면 될
뿐.

나는 숨을 죽이며 눈을 감았다.

역시, 나에게 휴식이 허락될 리가 없었다.

우리 교황님 좀
말려주세요

······불쌍한 내 인생.

⚜

전쟁 준비는 청와대의 기자회견이 끝난 후부터 본격적으로 시작되었다.

비상소집 된 국회에서는 전쟁 준비와 관련된 법안들이 급속하게 통과되었으며, 대형 길드를 비롯한 각성자 병력의 소집도 빠르게 이루어졌다.

중국 내전에 참전하기 전의 조치와는 비교도 할 수 없는 속도.

평소에 늑장 대응으로 유명했던 일부 정부 부처조차도 이번에는 미친 속도로 업무를 처리하더라.

그건 흡사 광기였다.

"일 제대로 처리하란 말이야!"

"그거 그렇게 미적미적 미뤄서 되겠어? 어? 우리가 조금 더 해 줄 테니까, 빨리 처리 좀 하라고 해!"

"야, 이 새끼들아! 우리 애들이 저 떼놈들한테 죽었는데, 지금 밥이 처넘어가?"

익명 게시판에는 하루가 멀다 하고 '회사에서 광전사 본 썰', '오늘도 한계를 넘는다······.' 등의 게시글들이 올라오고 있는 상황.

대한민국은 원래 그런 나라다.

까도 우리가 까고, 남이 우리를 까면 한마음이 되어서 개처럼 물어뜯는 민족.

그것이 한민족이고, 그것이 대한민국이다.

심지어 다람쥐조차 다른 지역의 다람쥐보다도 억셀 정도.

대한민국이 불구대천의 원수로 여기는 국가가 딱 두 개 있는데, 바로 일본과 중국이다.

일본은 최근에 과거사를 사죄하고 논란이 되던 모든 문제에 대해 저자세로 나오고 있었기에 조금이나마 악감정이 희석된 편이었지만, 중국은 그렇지 않았다.

디멘션 오프닝 이후로 주장했던 패권.

각성자 숫자로 압박해 오던 지난날들.

중국 내전 덕분에 일부 동정 여론이 생성되기도 했었으나, 우리 국토를 넘어온 지금 더 이상 동정 여론이 존재할 수 없었다.

결국, 대한민국의 국민들에게 남은 건.

"피의 보복이다!"

"원수를 갚아라!"

"복수, 결코 복수."

복수심과 악기뿐.

누군가는 이 상황을 두고 우려를 표했지만, 사실 내가 봤을 때는 지극히 자연스러운 반응이다.

"대한민국 사람들이 전쟁을 무서워한다고 생각했습니다만, 그건 또 아니네요."

집무실에서 인터넷의 여론을 살피고 있던 루나의 혼잣말에 나는 고개를 끄덕였다.

"우리 집 애가 옆집 애한테 맞다 못해 맞다 죽었어. 그럼 당연히 눈이 뒤집히지. 그게 대한민국이고, 그게 대한민국 사람들이야."

설사 우리 애가 잘못했다고 하더라도 혼내는 건 우리가 혼내야 한다.

다른 사람이 해코지를 하면? 눈이 뒤집히는 게 당연한 결과다.

실제로 이미 대한민국 정부는 외교전을 시작했다.

중국의 불법행위에 대해 비난하기 시작했으며, 미국과 일본 역시 대한민국 정부의 편을 들어 중국을 압박하는 중이었다.

겉으로는 일단 그런데, 서 대통령이 오늘 아침에 나에게 해 주었던 이야기가 신경 쓰인다.

―UN에 파견되어 있던 중국 측 유엔 대사도 지금 상황에 크게 혼란스러워하고 있다는 보고가 들어왔습니다. 즉, 중국 내부에서도 협의되지 않은 돌발 행동이 벌어졌다고 봐도 무

방합니다.

상황이 어떻게 흘러가는지는 모르겠다.

하지만 한 가지는 확실하다.

"인류가 멸망을 향해 전속력으로 액셀을 밟고 있다…… 정도로 정리하면 되겠네."

디멘션 오프닝 이래로 최악의 혼란스러운 시기.

일부 전문가들은 이미 세계3차대전이 시작되었다고 주장한다.

중동에 이어 동북아시아의 원자로가 폭발한 거고, 다른 국가들도 이번 전쟁에 휩싸이게 될 것이다. 그들은 이렇게 주장하고 있었다.

원자로니, 세계3차대전이라느니, 사실 그딴 건 나한테 그다지 중요하지 않다.

"중국 남부의 의견은?"

"현재, 상하이 당서기장 주최로 비상 대책 회의가 진행 중이라고 합니다. 이세민 씨가 강력한 영향력을 행사 중이라고 하는데, 아마 그들 역시 대한민국의 편에 서서 싸울 것 같습니다."

"그나마 다행이네."

내 머릿속에는 오로지 이번 전쟁에서 승리할 생각만 남아있다.

언데드와 인간, 두 존재들이 주로 맞붙었던 지난번 중국 내전과는 다르게 이번 전쟁은 인간과 인간의 전쟁이다.

"아무래도 이번 기회에 중국 남부는 독립을 선언할 생각인 것 같습니다."

"흉악한 전쟁 범죄를 일으킨 중국 정부는 정부로서의 기능을 상실했고, 본인들이야말로 중국 대륙의 적법한 정부다. 이거겠지?"

"그렇습니다. 현재, 상하이를 비롯한 남부 지역의 정치인들은 중국 정부를 두고 신정국가라고 비판하고 나섰습니다."

"개판이네. 진짜 개판이야."

더할 나위 없이 혼란한 동북아시아다.

오호십육국 시대도 이렇게 정신없진 않았을 것 같은데 말이지.

이런 혼란한 시기에 옳은 길로 나아가기 위해서는 정신을 똑바로 차리고 있어야 한다.

나는 한숨을 푹 내쉬면서 루나에게 말했다.

"정부에서는 개전 시기를 2주 뒤로 잡고 있으니까, 우리 교단도 그에 맞춰서 준비를 끝내자."

"네, 성하."

백명교가 일으킨 소요 사태와 게릴라전을 통해서 우리 교단의 신입들이 경험을 쌓은 게 오히려 호재일지도 모른다.

"훈련 시작 3개월도 안 돼서 전장에 투입하는 건 원래 미친 짓이긴 하지만…… 심판의 검 덕분에 다들 말도 안 되는 성장을 보여 주긴 했죠. 성하, 이번 전쟁도 많은 희생자가 발생할 거예요."

"그 희생자를 줄이는 게 우리의 역할인 거야."

"최선을 다할게요."

나는 결연한 표정으로 고개를 끄덕이는 그녀를 향해서 작게 고개를 끄덕였다. 그리고 나지막한 목소리로 말했다.

"1주만 더 빡세게 굴리고, 남은 1주는 가족들과 같이 시간을 보내게 해. 긴 싸움이 될지도 모르는데…… 그 정도 여유는 즐기게 해 줘야지."

전속력으로 달리기 위해서는 잠시 숨을 고를 필요가 있었다.

지금이 아니고서는 숨을 고를 시간조차 없을 것이다.

내 지시에 루나는 고개를 숙인 후, 천천히 집무실 밖으로 나섰다.

그렇게 루나를 내보낸 다음 나는 창문으로 걸어갔다. 그리고 하늘 높이 떠오른 태양을 바라보았다.

어느새 여름.

그것도 무더운 여름이 찾아왔다.

전쟁을 하기에는 최악의 계절.

올해는 기록적인 폭염이 예상된다고 하더라. 그러니까 이 전쟁은 폭염 속에서 이루어지게 생겼다.

어떤 결과가 나올지는 장담할 수 없었지만 한 가지는 확실하다.

멸망을 막거나.

아니면 멸망을 하거나.

둘 중 하나겠지.

"리멘."

오늘따라 리멘이 보고 싶어 그녀의 이름을 불러 보았다.

하지만 답은 돌아오지 않았다.

테라의 말대로 리멘이 나를, 그리고 지구를 위해서 무언가를 준비하고 있는 걸까?

……적어도 나에게만큼은 말해 주면 좋을 텐데.

"후우."

나도 당분간은 가족들과 함께 시간을 보내야겠다.

나는 무겁게 숨을 뱉어 냈다.

☙

중국과의 개전 5일 전, 전쟁 전 맞이하는 마지막 주말.

나는 아주 오랜만에 가족들과 함께 외출을 했다.

이건 시연이의 소원이었다.

─큰오빠, 나랑 같이 놀이공원 가자! 가족들 전부 다 같이!

시연이가 말한 '가족'은 피가 섞인 사람들 말고, 조금 더 포괄적인 개념이었다.

눈에 넣어도 아프지 않을 시연이의 부탁인데 못 들어줄 게 뭐야?

그래서 결국 우리는.

"우와아! 저기 봐 봐."

"김시우 교황님?"

"옆에 누나랑 폴더좌도 같이…… 꺄악! 시연이 봐, 너무 귀여워!"

"루돌프랑 베스도 같이 왔잖아?"

"미쳤다."

"세상에. 다들 빨리 사진 찍어!"

"야, 카메라 조심해. 저번에 누가 현장에서 김시우 직촬하다가 핸드폰 다 박살 났다면서. 너 핸드폰 어제 바꿨잖아. 김시우가 기분 나쁘다고 박살 내기라도 하면…… 허억!"

우리를 보고 이런저런 이야기를 나누고 있는 시민들.

지난번 소요 사태 현장에서 휴대폰을 박살 냈던 이야기를 하고 있는 듯했는데, 그 이야기를 들은 건 비단 나뿐만이 아니었던 것 같다.

"저기이."

근래에 들어 부쩍 신체 능력이 향상된 시연이의 귀에도 그 이야기가 들렸던 모양이다.

나는 그냥 지나치려고 했건만, 시연이는 아무래도 쉽게 지나치기 힘들었던 모양이다.

시연아, 아무리 그래도 화를 내면 안…….

"언니들! 우리 오빠 나쁜 사람 아니에요. 아무 사람 휴대폰이나 박살 내는 사람 아니에요! 지난번에는 그 사람들이 희생자들을 찍고, 협조도 안 해 주고 방해해서 그랬던 거예요. 다들…… 다들 그것도 모르고. 흐으으윽, 우리 오빠만…… 나쁜 사람 만들고 있고…….''

……화를 내는 게 아니라 갑자기 울어 버리네?

귀여운 시연이가 눈물을 흘리기 시작하자 가장 당황한 건 시연이의 앞에 서 있던 여자들이었다.

그녀들은 어쩔 줄 몰라 하면서 시연이를 달래기 시작한다.

"미, 미안해요."

"저희는 그냥 돌아다니는 이야기를…… 울지 마요, 울지마요."

"우리 오빠…… 나쁜 사람…… 아니…….''

시연이가 눈물을 흘리자 순식간에 조성되기 시작하는 여론.

"맞아. 그때 후기 보니까 나쁜 건 그 사람들이더만.''

"사람들이 죽어 나가는 게 구경거리는 아니잖아요. 김시우 교황님이 어떤 분이신데, 누가 교황님을 욕하는 거야?''

"어이, 당신들! 자세히 알고나 말해!''

장담하건대 이 모든 반응은 시연이가 노린 것이다.

근래에 들어 시연이가 영악해졌다는 보고는 받았는데, 이 정도로 영악해졌을 줄이야?

처음 우리의 뒷담화를 한 그녀들은 나를 향해 연신 허리를 숙였다.

"죄송합니다, 정말 죄송합니다."

나는 그런 그녀들을 향해 살포시 웃으면서 손을 흔들었다.

"괜찮습니다. 제가 설명이 부족했던 건 사실이니까요. 마음에 담아 두지 않을게요."

이런 자리에서는 그냥 용서해 주는 게 베스트다.

내가 웃으면서 말하자 그들은 연신 허리를 숙이더니 재빠르게 우리의 시야에서 사라졌다.

그리고 그 모습을 본 다른 시민들이 연신 박수를 쳤다.

"역시, 김시우 교황님이시다!"

"너무 자비로우셔!"

우레와 같은 환호 속에서 시연이는 내 품속에 쏙 안겼다.

시연이를 달래기가 참 쉽지 않을 텐데, 이것 참 곤란…….

"헤헤, 오빠 나 잘했지?"

"뭐야, 시연이 우는 거 아니었어?"

"내가 왜 울어! 이렇게 즐거운 날에 안 울어."

항상 순진하고 착하기만 했던 우리 시연이가 이렇게나 영악해졌을 줄이야.

……아니지.

어쩌면 나에게만 순진한 모습을 보여 줬던 게 아닐까?

인욱이도 가끔 고개를 절레절레 내저었던 걸 보면…….

"인욱아."

"형이 생각하는 게 맞아. 내가 몇 번 말했잖아."

그랬던 것 같기도 하고.

……아무렴 어때?

시연이가 눈치도 좋고, 머리도 좋고, 연기도 잘한다는 건데.

우리 교단의 선지자 말고 배우라도 시키고 싶은 심정이다.

세상에 우리 시연이의 대단함을 자랑하고 싶다니까?

나는 품속에 안긴 시연이의 머리를 쓰다듬어 주었다. 그리고 웃으면서 말했다.

"시연아, 놀이 기구 타러 갈까?"

"응!"

"뭐 타고 싶어?"

"롤러코스터!"

키 제한에 걸리진 않겠지?

일단 한번 가 보도록 하자.

그렇게 우리 '리멘 군단'은 사람들의 관심 속에서 롤러코스터 대기 줄에 도착할 수 있었고.

"앗! 먼저 타세요."

"어머! 먼저 타세요."

"김시우 교황님! 팬입니다!"

"아니, 여러분들, 이렇게 안 해 주셔도 되는데……."

"아닙니다. 거기, 앞에 계신 분들! 여기 김시우 교황님께서 오셨습니다. 우리들의 영웅을 위해 한 번씩만 양보합시다!"

"좋습니다!"

"좋아요!"

기대하지도 않았던 성원 속에서 줄을 양보받았으며, 덕분에 대기 시간 2시간의 놀이 기구를 불과 10분 만에 타는 기적을 경험할 수 있었다.

시연이가 요새 훈련을 받으면서 키가 훌쩍 큰 덕분에 키제한에 걸리진 않았다.

롤러코스터에 탑승한 후, 시연이는 내 옆에서 레일의 꼭대기를 가만히 바라보았다.

무서워하는 걸까?

역시, 어린아이답게 무서워하는 게 분명…….

"큰오빠."

"응?"

"저기 꼭대기에서 떨어질 때, 신성력을 바닥을 향해 방출하면 살 수 있겠지?"

시연이의 전혀 예상치도 못한 질문.

내가 벙쪄 있자 루나가 대신 대답해 줬다.

"음, 좋은 질문이야, 시연아. 손으로 방출을 하면서도 낙법까지 병행해야 해. 그래야 충격을 줄이고 부상도 안 입을 수 있거든. 괜찮으면 언니가 직접 시범이라도 보여 줄까?"

"우와! 저 보고 싶어요! 언니!"

"그래, 그럼 내가 여기 직원에게 미리 말을……."

"……다들 그만해. 제발."

전쟁을 앞두고 마인드 컨트롤이라도 하려고 놀러 왔는데…….

이래 가지고는 힐링은 개뿔, 머리가 하얘지겠다, 이 녀석들아.

아무튼.

그렇게 화기애애(?)한 분위기 속에서 가족 나들이는 계속되었다.

이 순간만큼은 잠시 다가올 전쟁에서 해방된 것만 같았다.

개전

그로부터 1주 후, 신의주 전초기지.

"놀이공원에 다녀왔습니까?"

"어, 최 대표님, 그걸 어떻게 아셨어요?"

"셀럽이잖습니까. 흐하하! 이거 표정 좀 보십쇼. 김 교황
님이 놀이 기구를 무서워하는 줄 처음 알았습니다!"

압록강을 앞에 둔 채로 최 대표가 스마트폰으로 나에게 기
사를 보여 준다.

'리멘 교단의 나들이'라는 제목으로 쭉 늘어진 기사들.

전쟁 이야기로 가득 찬 기사란에 유일한 쉼터 같은 느낌이
라고 해야 할까?

그 기사에 달리는 덧글들도 다음과 같다.

-여윽시 김시우ㄷㄷ 전쟁 앞두고서 여유로운 모습.

　-이게 전부 국민들 걱정하지 말고 있으라는 의미 아니겠냐?

　-여러분들의 일상을 즐기세요, 뭐 이런 뜻으로 받아들이면 됨?

　-든든하다 그냥

　-나 저 자리에 있었는데 교황님네 가족들이랑 사진 같이 찍음. 놀이 기구 대기하는 시간에 사진 마음껏 찍게 해 주시던데?

　-ㅋㅋ이번엔 핸드폰 안 부쉈냐?

　ㄴ찾았다 이 간첩 새끼

　ㄴ네 나라로 돌아가라

　ㄴ꼭 티를 내요 ㅋㅋ

　전쟁에 관한 기사로 피로감을 느끼고 있을 때, 우리 교단의 나들이 기사가 환기를 시켜 준 것 같다.

　확실히 셀럽은 셀럽이다.

　우리가 어디를 가도 그것에 대한 기사가 보도된다.

　"롤러코스터가 그렇게 무서우셨습니까? 헬기에서도 자유낙하를 하시는 분이, 쯧."

　최 대표는 나를 은근히 놀렸다.

　기사에 사용된 사진이 롤러코스터의 꼭대기에서 창백한

표정을 짓는 내 모습이었기 때문이다.

나는 손으로 머리를 짚으며 고개를 가로저었다.

"무서워하는 거 아닙니다."

"다들 그렇게 말하지요, 김 교황님. 이건 부끄러운 게 아니−."

"아니, 진짜 억울하다니까요? 저거 시연이가 한번 뛰어내리고 싶다고 해서 말리느라고 그런 거예요."

안전 바를 밀고 뛰어내려 보면 안 되겠냐고 그러더라.

귀엽고 앙증맞은 시연이는 어디 가고 조금씩 나쁜 물이 드는 것 같은 기분이다.

아마도 주범은 루나, 그 녀석이겠지.

나쁜 물은 정말 쉽게 드는 법이거든.

"푸하하하!"

최 대표는 내 말을 듣자마자 큰 소리로 웃었다. 얼마나 크게 웃던지, 눈물까지 흘릴 지경이었다.

그는 손가락으로 눈물을 닦아 내며 말했다.

"그 오빠에 그 동생입니다. 이거, 시연이의 미래가 참으로 기대됩니다."

"대표님은 자녀 계획 없으십니까?"

"저 같은 딸을 낳을까 두렵습니다."

"대표님 같은 아들이 나와도 두려운 건 매한가지 아닐까요?"

"제가 자식을 낳으면 교황님께서 대부가 되어 주시렵니까?"

"그건 생각해 보겠습니다."

대부는 뭘 대부.

이 나이에 대부가 되고 싶은 생각은 없었다.

나는 피식 웃으면서 손을 내저은 다음, 천천히 압록강 너머를 주시했다.

강만 넘으면 중국.

압록강 너머에는 최근에 보수가 끝난 단둥시의 장벽이 자리잡고 있었다.

그때까지만 해도 이 녀석들이 왜 장벽을 보수하는지 몰랐는데, 아무래도 이 순간을 위해 준비해 뒀던 것 같다.

"21세기에 공성전이라…… 참 웃기고 팔짝 뛸 노릇입니다."

"그러게요."

마법의 등장 이후, 기존의 재래식 무기들의 영향력이 많이 약화되었다.

상성이 좋지 않다.

기존의 탄약으로는 마력장을 효과적으로 제압할 수가 없다.

마치 중세 시대로 회귀한 것만 같은 저런 성벽이 존재하는 이유도 바로 그거다.

철조망과 성벽의 조화.

현대와 중세의 문물들이 뒤섞인 과도기였으나, 저 성벽은
보는 것보다 훨씬 단단하다.

"마정석을 이용해서 강력한 마법 결계가 생성되어 있고,
그 마법 결계가 물리력을 억제한다……가 저 방어 체계의 기
본적인 명제죠."

어느새 우리 옆으로 다가온 강채아가 고개를 끄덕이면서
말했다.

마법사답게 꽤 해박한 강채아.

그녀는 나에게 웃으면서 종이 하나를 건네주었다.

"교황님께 직접 드리고 싶어서요."

칙칙한 전초기지와는 어울리지 않는 화사한 종이.

나는 그 종이를 받고 슬쩍 확인해 봤다. 그리고 놀랄 수밖
에 없었다.

"진짜 바로 결정하셨네요?"

그녀가 나에게 건네준 건 청첩장.

지난번에 신전에서 결혼식을 열게 해 주겠다고 약속했는
데, 그 제안을 강채아 씨가 덜컥 받아 버렸었다.

라파르트 대주교와 신전의 스케줄을 조율하고 있다는 이
야기는 들었는데 이렇게 일사천리로 될 줄이야.

신랑은 당연히 진영이 형이었다.

일본에서 다시 재회하더니 애정 전선에 큰 진보가 있었던

걸까?

"저희에게 시간이 그리 많이 없을 것 같아서요."

"시간이 왜 없…… 아, 설마?"

내 질문에 답 없이 그저 멋쩍게 웃는 강채아 씨.

나는 그녀를 따라 웃으면서 말했다.

"인생이 원래 그렇죠. 계획대로 안 됩니다, 그렇죠?"

"……네."

"축하드립니다, 강채아 씨."

청첩장에 적혀 있는 날짜는 지금으로부터 약 4개월 후.

그때쯤이면 아마 모든 일이 끝나 있겠지.

"보통 이런 건 플래그던데, 강채아 씨는 항상 후방에 계세요."

"안 그래도 이번에 작전참모로서 전쟁을 수행하게 될 것 같습니다. 걱정해 주셔서 감사합니다."

"그래요. 어차피 정부 대표로 최전선에 서는 건 저기에서 낚시하고 있는 얼빠진 놈입니다."

나는 그렇게 말하며 턱짓으로 자현이를 가리켰다.

이 와중에 압록강에 낚싯대를 드리우고 있는 미친놈.

그래도 자현이가 귀는 밝아서 내가 부르자마자 곧바로 고개를 든다.

"저 부르셨어요?"

"아냐, 거기서 낚시나 더 해."

"엡!"

중국 쪽에서 동원할 수 있는 이레귤러는 총 둘.

그러나 그중 하나는 사실상 정부 수반이라고 할 수 있었기 때문에 상대해야 할 이레귤러는 하나다.

단, 여기에는 백명교의 전력이 제외되어 있었다.

백명교 측에도 분명 이레귤러가 존재한다. 하다못해 대교구장 혼자서 이레귤러급이라고 하더라도, 이레귤러 숫자는 우리보다 더 많다.

그렇기 때문에 우리도 나름 준비는 했다.

"미국에서 라파엘, 에이든의 파견을 약속했습니다. 그 두 이레귤러가 미국 국적을 포기, 개인의 자격으로 전쟁에 가담하는 형식입니다."

"큰 결정을 해 줬네요."

"오라클 엠마 밀러 여사가 경고를 했다고 합니다. 대한민국에 힘을 실어 주지 않으면 세계가 무너지리라, 그렇게 전달했다더군요."

테라는 엠마 밀러 여사가 자신의 대리인이라고 말했다.

즉, 엠마 밀러 여사의 말은 테라의 뜻.

엠마 밀러 여사는 여전히 미국 내부에서도 최고의 예언자로 존중받고 있었으니, 당연히 그녀의 말에는 힘이 담겨 있다.

"이레귤러를 둘이나…… 미국이 힘을 좀 많이 썼네요."

"최근 미국 정부는 이레귤러 두 명을 외부로부터 영입했습니다."

"천조국은 천조국이네. 세상 모든 이레귤러 다 영입하겠어."

사실상 전 세계에서 리멘 교단과 친한 어레귤러들은 다 모이는 전쟁.

이렇게 된 이상 전쟁은 한 방 싸움으로 흘러가게 될 가능성이 높았다.

그렇게 내가 강채아 씨와 전쟁 양상에 대해서 이야기를 나누고 있을 때, 중령 한 명이 급히 우리 쪽으로 달려와서 경례를 한다.

"충성! 9사단 정보참모 정호윤 중령입니다. 급히 전달드릴 사항이 있습니다."

무슨 사안이기에 중령급이 저렇게 숨을 헐떡이며 달려와?

나는 천천히 고개를 끄덕였고, 정호윤 중령이 심각한 표정으로 말했다.

"중국 시안이 정화자에게 함락되었습니다."

정화자가 결국 시안을 다시 잡아먹었다는 소식. 그리고……

"시안을 함락한 정화자는 곧바로 북진을 시작했습니다! 경로를 분석한 결과, 최종 목적지가 베이징일 가능성이 높은……"

정화자가 쉴 새 없이 진격을 이어 나가고 있다는 소식까지.

중국 대륙의 주도권을 쉽게 내줬던 정화자.

그 말을 다르게 말하자면, 정화자의 힘은 여전히 건재하다는 뜻이다.

녀석들은 전투 대신에 중국 서부 지대로 스며드는 판단을 내렸을 뿐.

"본색을 드러냈다라."

그렇게 해서 보전한 주 전력들이 이제야 모습을 드러냈다.

대량의 언데드 군단.

죽음을 흩뿌려 대는 그 악마들과 녀석들의 수장이 원하는 건 결국 고대 신의 목일 것이다.

"베이징은 우리가 더 가깝긴 한데."

최종 결전의 장소가 베이징이 될 가능성이 높았다.

그리고 그때.

띠리리링.

내 핸드폰이 울려 퍼졌다.

처음 보는 번호.

"여보세요."

전화를 받자 그 너머로 언젠가 들었던 목소리가 전해져 왔다.

-페이즈 2입니다, 교황님. 이번에는 같은 편에 서 주시는

겁니까? 아무래도 목표가 같은 듯한데.

무명의 목소리였다.

이 상황에 기시감이 든다.

나는 그 기시감이 곧 예전 백명교의 대교구장과 했던 대화에서 왔다는 것을 깨달았다.

힘을 합쳐 정화자를 몰아내자던 대교구장의 제안.

그때와 입장만 서로 바뀌었을 뿐 아닌가?

따라서 내가 해 줄 답은 하나다.

"이번에는 꼭 얼굴 좀 보자."

–드디어 손을 잡을 생각이십니까? 공동전선은 언제든지 환영입니다.

"얼굴을 봐야 네 목도 따 주지. 특별히 너에겐 우리 교단의 지하 심문실을 석 달 동안 독점할 수 있는 기회를 줄게. 너 같은 쓰레기를 쉽게 죽이는 건 아무래도 아쉬운 일이잖아?"

악과의 타협은 없다.

악과 싸우기 위해 다른 악과 손을 잡는 건 악의 길이다.

내 대답을 예상했던 걸까? 전화기 너머의 무명이 크게 웃었다.

–하하! 역시, 교황님은 기대를 실망시키지 않으십니다. 좋습니다. 그럼 북경에서 뵙겠습니다. 성대한 클라이맥스를 함께 즐기시지요.

띠리링.

그 말을 끝으로 종료되는 전화.

나는 핸드폰을 주머니에 넣으면서 미간을 살짝 찌푸렸다.

"누구한테 온 전화입니까?"

넌지시 묻는 최 대표.

그 말에 나는 피식 웃으면서 답했다.

"곧 죽을 놈."

동북아시아의 중심을 이루는 세 세력이 전력을 다해서 맞부딪친다.

중국 내전은 그저 이번 전쟁을 위한 전초전이었을 뿐.

"자, 슬슬 일 시작합시다."

나는 압록강 너머의 벽을 바라보며 말했다.

이제는 나아갈 때였다.

❧

대한민국 정부가 중국 측에 요청했던 답변은 돌아오지 않았으며, 중화인민공화국은 그들의 각성자가 벌인 범죄 행위에 대해 그 어떠한 성명도 발표하지 않았다.

이에 대한민국 정부는 2주의 유예기간을 주었지만 결국 대화는 이루어지지 않은 채 파국으로 흘러갔다.

이에 김시우가 이끄는 리멘 교단은 백명교를 배후로 지목하였으며, 대한민국 정부를 비롯한 각국의 정부 역시 김시우의 의견에 동의했다.

　─중국 대륙의 백명교, 그리고 백명교와 관련된 자들을 체포하여 재판대 위에 올리겠다.

　일본, 중국 남부의 지자체들 역시 그 의견에 동의하며 병력 파견을 약속했다.

　그리고 2034년 7월 1일 오전 7시.

　콰아아아아아앙─.

　신의주와 국경을 맞대고 있던 단동 장벽을 향해 천벌 미사일을 포함하여 대한민국, 그리고 미국이 보유한 모든 화력이 집중되었다.

　장벽이 무너지는 건 한순간이었다.

　그리고 장벽이 무너져 내린 순간, 전 세계의 언론들이 일제히 보도를 시작했다.

　〈동북아시아 전쟁 발발〉

　〈중동 전쟁에 이은 또 다른 전쟁, 세계3차대전의 서막〉

　〈인류는 어디로 향하고 있는가?〉

　〈UN, 동북아시아 전쟁에 심각한 우려를 표하고 있으나 직접 개입할 의지는 없음을 천명〉

　〈리멘 교단의 교황 김시우, 그는 평화를 몰고 오는가, 전쟁을 몰고 오

는가?〉

〈미국의 이레귤러 라파엘과 에이든 '친구와 친구의 나라를 돕기 위해서 미국 국적을 포기한다. 그들의 적이 곧 우리의 적이 될 것.'〉

훗날 동북아시아 전쟁, 혹은 불경한 전쟁이라고 불리는 전쟁의 서막이 올랐다.

이 끝에 무엇이 서 있을지는 아직까지 그 누구도 알지 못했다.

그 누구도.

꽃

중국 내전 당시, 전쟁의 흐름은 꽤 답답했었다.

협조해 주지 않는 시민들.

거기에 방해를 일삼는 반군들까지.

전투 이외의 영역에서도 충돌이 잦았던 기억이 눈앞에 선했다.

그래서 이번 전쟁 역시 마찬가지일 거라 생각했다.

하지만…….

〈단동의 시민들, 두 팔 벌려 대한민국과 리멘 교단을 맞이하다!〉

〈단동의 참상, 신의주의 비축 물자 긴급 투입!〉

〈단동에 사는 이순자(51) 씨, '리멘 교단이 와 주지 않았다면, 우리 모두 질병과 굶주림에 죽어 나갔을 것.'〉

내 고정관념은 단동의 무너진 장벽을 넘어선 순간 뒤바뀌어 버리고 말았다.

고구마 같은 전쟁?

그딴 건 없었다.

애초에 전쟁에서 가장 중요한 건 전략이다.

그런 의미에서 최고의 전략이 뭔지 아는가?

그건 그냥 압도적인 힘으로 밀어붙이는 거다.

적이 저항 의지를 지닐 수 없을 만큼, 아주 압도적인 힘으로.

"단동 부근에 있는 모든 적들이 투항 의사를 표시했습니다!"

"용병으로 참가한 에이든 님께서 재미가 없다고 하시면서 산 하나를 박살 내고 계십니다!"

"라파엘 님 역시 새로 개발한 무기를 시험하시겠다면서 사람 없는…….."

"라파엘, 에이든! 그 두 새끼 당장 내 앞으로 끌고 와!"

전투는 없었다.

압록강을 넘는 순간, 그리고 무너진 장벽을 넘는 순간.

우리 교황님 좀
말려 주세요

피를 잔뜩 흘리는 혈투가 벌어질 것이라는 내 예상은 아주 보기 좋게 빗나가고야 말았다.

보통 전쟁에 휩싸인 도시는 혼란스럽고 절망적인 분위기가 가득해야 하는데, 이곳은 전혀 그렇지 않다.

지금 당장만 봐도 그렇다.

저기에서 단동의 시민을 인터뷰하고 있는 어느 종군기자.

그 인터뷰 내용을 잠깐 들어 보도록 하자.

[기자 : 지금 다들 기분이 좋아 보이는데, 무슨 축제라도 있는 겁니까?

주민1 : 아니요. 전쟁입니다!

기자 : ……예?

주민1 : 리멘 교단이 우리를 구원해 주었으니 기쁨의 춤을 추는 건 당연한 거 아니겠습니까! 기자 양반, 들어와서 물이라도 한잔하고 가세요! 사랑합니다, 김시우. 사랑합니다, 리멘 교단!

주민2 : 우린 이제 살았소! 들어와서 내가 죽기 전에 마시기로 했던 술이라도 한잔합시다.

기자 : 갑자기 저를…… 으아아악! 마실게요, 마시겠습니다! 으아아아니!]

딱 지금 이 도시의 분위기를 잘 설명한 인터뷰라고 할 수 있겠다.

하여간에 시민들의 거센 저항에 놓이게 될 거라는 예상과는 다르게 온갖 환대 속에서 단동에 입성했다.

도대체 꽃가루는 어디서 가져왔는지 일부는 꽃가루까지 날리더라.

누가 보면 우리가 점령군이 아니라 개선식에 참가한 병력인 줄 알겠다.

사방에서 쏟아지는 환호 속.

루나는 눈물을 훔치는 시늉을 하며 말했다.

"광개토태왕님, 보고 계시죠? 저희 후손들이 드디어 민족의 고토를……."

"루나야, 너 에덴 출신이야. 정신 차려."

"마음만큼은 한국인이거든요!"

갑자기 광개토태왕님을 찾는 루나까지.

그야말로 이곳은 혼돈의 도가니탕이다.

단군 이래 이만큼 혼란스러운 곳이 있었을까?

"압록강 철교 임시 복구가 끝났습니다."

"열차를 통해서 구호물자 운송 시작하겠습니다!"

대한민국이 잃어버린 땅을 수복한 뒤, 가장 먼저 실시했던 것이 바로 철도 복구공사였다.

원래라면 연 단위의 계획을 세워서 진행되어야 했지만, 대한민국 특유의 빨리빨리 정신에 마법, 그리고 라파엘의 기술 협조까지 더해지니 경의선의 복구는 놀라운 수준이었다.

서울에서부터 신의주까지를 잇는 경의선.

대한민국 국민들에게는 '경의중앙선'으로 유명했던 그 선로가 드디어 이름값을 하기 시작했다.

"철도, 항공 등 모든 수단을 동원하여 물자를 끌어올리고 있습니다."

"좋네요."

나는 내 옆에 딱 붙은 김 실장의 말을 들으며 천천히 고개를 끄덕였다.

그리고 그 옆에서는 아주 오랜만에 보는 설화가 말을 보탰다.

"압록강 철교는 내 마법을 통해서 임시적으로 복구한 거라서 빨리 공사에 들어가야 해, 오빠."

못 보던 새에 대마법사라고 부르기에 충분한 수준까지 성장한 설화.

나는 그런 설화를 향해 빙긋 웃어 주었다.

"많이 컸네. 그런데 철교를 빙결 마법으로 복구하면 문제없나? 빙판 위에서 미끄러지는 거 아니야?"

"그건 걱정할 거 없어."

"네가 그렇다면 그런 거겠지. 고생했다."

내가 대한민국 곳곳에 뿌려 두었던 씨앗들이 이렇게 든든한 나무로 자라나는 걸 볼 때마다 마음이 흐뭇하다.

처음에 나를 도와주었던 민수 씨는 어느새 글로벌 MCN

을 이끌면서 리멘 교단의 전도를 도와주고 있고.

설세명 씨 역시 교단의 언론 홍보부에서 활약하고 있고.

설화 역시 이제 강채아 씨의 뒤를 잇는 마법사로 주목받고 있고.

아주 감개가 무량하다.

동량지재를 양성하는 스승의 마음이 바로 이런 것 아닐까?

"전쟁 같지가 않아."

설화는 지난번 중국 내전 막바지쯤에 참여했고, 자신의 두 눈으로 전쟁의 참상을 목격했다.

그런 설화의 입에서 저런 말이 나왔다는 건…… 그녀가 봐도 전쟁 분위기가 아니란 거다.

나는 설화의 말에 고개를 끄덕였다.

"그만큼 백명교와 중국 정부가 이곳에서 쓰레기같이 굴었다는 거지."

한때 죽음의 도시였던 단동.

우리 교단이 이곳을 정화시켜 준 이후, 중국 정부에서는 다시 이곳에 사람들을 이주시켰다.

원래 단동에 살다가 다른 지역으로 피난을 갔던 이들.

강제로 다시 이 땅에 몰아넣었으면 적어도 지원이라도 잘해 줬어야 한다.

하지만 시민들의 몰골을 보니 그렇지도 않았다.

수도 시설 복구도 제대로 안 되어 있는지 위생 상태도 별로 안 좋아 보였고, 식량도 부족한 듯 보였다.

예로부터 청야 전술이라는 게 있다.

주변에 적이 사용할 만한 모든 군수물자와 식량들을 없애서 적군을 지치게 만드는 전술.

그러나 아무것도 없어도 문제지만, 이렇게 많아도 문제다.

극과 극은 맞닿아 있는 법.

만류귀종이라고 했던가?

지금이 딱 그 꼴이 아닐까.

백명교를 처단한다는 명분으로 이곳에 들어온 이상 민생을 아예 무시할 수는 없다.

"저희 아이 좀 치료해 주세요. 애가, 애가 어제부터 구토를⋯⋯."

"사제님들! 부탁합니다."

딱 봐도 이 사람들을 통해서 우리의 진격을 최대한 지연시키려고 하는 것 같은데⋯⋯.

이 불쌍한 사람들을 무시하고 갈 수도 없는 노릇.

나는 손을 들어 레오를 호출했다. 그러자 레오가 내 옆에 와서 고개를 숙인다.

"명령하십시오, 성하."

"사제들을 동원해서 일단 치료부터 시작해. 전염성이 있는 환자들부터 치료하고."

"그럼 병력은 이곳에서 대기합니까?"

"주 병력은 이곳에서 잠시 대기. 적이 요하를 건너서 후퇴 중이라는 첩보는 들어왔으니까, 정보를 조금 더 취합하고 움직인다."

그 말에 레오가 침착하게 말했다.

"시간을 끌면 불리할 수도 있습니다."

"내가 언제 시간을 끈댔어? 주 병력만 잠시 여기에서 대기한댔지."

항상 말하지만 압도적인 힘은 더 많은 선택권을 가지게 해준다.

특히, 이런 전쟁에서는 더더욱 그렇다.

나는 저 멀리서 잔뜩 욕구불만에 사로잡힌 두 남자를 불렀다.

"라파엘, 에이든."

그러자 이제는 국적 상실자가 된 두 이레귤러가 나에게 다가온다.

"불렀습니까?"

"시우, 드디어 나랑 놀아 줄 생각이 든 건가?"

처치 곤란의 두 이레귤러.

백명교에서 우리를 지연시키기 위해 이런저런 방법을 다 사용하려는 모양새지만, 원래 전략이란 건 힘에 기반해서 수립되야 한다.

전략을 무너뜨리는 가장 강력한 수단?

그건 두말할 것 없이 힘이지.

그리고 저 둘은 힘 하면 어디 가서 꿀리지 않는 놈들이고.

"둘은 오늘부터 단독 행동으로 요하까지 싹 밀어 버립니다."

"듣던 중 반가운 소린데."

"정말 자율권을 보장해 주시는 겁니까?"

"민간인들 피해만 없게. 그 정도는 알아서 할 수 있으시죠들?"

내 말에 둘은 기다렸다는 듯이 고개를 끄덕였다.

"내가 법 없이도 살 놈이야, 시우. 내가 저 백명교 놈들의 목을 뽑아다가 네 앞에 바쳐 주마, 흐하하! 간만에 마음껏 날뛸 수 있겠어. 미국에서는 나를 가만히 안 뒀단 말이야. 내전 조국이지만 응? 안 그래?"

"에이든."

"왜?"

"라파엘은 적당히를 아는데, 너는 솔직히 못 믿겠다. 최대표님, 설화."

에이든은 혼자 보낼 수 없지.

에이든과 잘 어울리면서도 억제를 해 줄 만한 인력을 붙여 줘야 한다.

최 대표와 에이든이 친하니까 붙여 주고, 설화에게 냉철한 판단을 맡기면 될 거다.

내 부름에 둘이 고개를 끄덕였다.

"알겠습니다."

"알았어, 오빠."

"도깨비 길드랑 백설 길드를 같이 데려가고. 위험한 건 전부 에이든에게 떠넘겨 버려. 아, 그리고 적측의 이레귤러급 각성자가 발견되면, 곧바로 내 쪽으로 보고하고. 나는 이곳에서 긴급 호출을 기다릴게."

저쪽에 이레귤러급이 몇 명 있는지 아직까지 정확하게 파악되지 않은 상태.

일단 나는 자현이와 함께 상황을 지켜보면서 적의 이레귤러급 각성자가 등장했을 때 가담한다.

내 말에 에이든이 가만히 나를 쳐다보더니 입꼬리를 비릿하게 올리면서 말했다.

"혼자서 대놓고 꿀을 빨겠다는 걸 아주 고상하게도 말씀하시는군요, 교황 성하."

"꼬우면 나보다 세든가. 간만에 좀 맞아 볼래? 나도 요새 전력을 다해서 때린 적이 없어서 욕구불만이거든."

그러자 바로 몸을 돌리면서 손을 흔드는 에이든.

"다녀오지. 친구의 부탁을 들어주는 건 전사로서의 명예다."

맞기는 무서운가 보다.

새끼, 무게만 잡기는.

⚜

우리가 단동에 진입한 지 3시간 후.

단동에 설치된 임시 사령부.

"좋네요."

나는 천막 안의 지도를 바라보면서 만족스럽게 고개를 끄덕였다.

라파엘과 에이든은 아주 빠른 속도로 요하를 향해 진격하고 있었다.

반항군?

이런 압도적인 화력 앞에서 반항하는 세력이 있을 리가 없었다.

"에이든과 라파엘이 진격하는 경로에 있는 모든 도시가 반항 의사가 없습니다."

"오히려 이곳처럼 환영해 주고 있습니다!"

"아니, 도대체 이놈들은 여태까지 뭘 한 거야?"

어딜 가나 들려오는 승전보.

전투에서 이겼다는 게 아니라, 무주공산이 된 도시를 일방적으로 점령했다는 승전보였다.

"하나같이 식량이 부족한 듯 보입니다."

"……지금이 21세기가 아닌가? 경제 규모가 보잘것없는 국가도 아니고 어떻게 식량이…….

"들어온 정보에 따르면 실종자들도 꽤 많은 것 같습니다. 백명교에서 제물로 끌고 갔을 가능성을 배제할 수는 없을 것 같습…….

"그건 확인되기 전까진 공개해서는 안 돼."

나는 사방에서 몰려드는 정보를 머릿속으로 취합하면서 한숨을 푹 내쉬었다.

정신없다.

이게 무슨 중세 시대 전투도 아니고, 점령지에서 역병이 도네, 식량이 부족하네, 이게 진짜 21세기에 들어야 하는 소리인가?

"우리에게 잔뜩 짐을 떠넘기는 듯한 모습이네."

마치 우리 대한민국의 행정 역량을 시험해 보겠다는 듯, 난민에 가까운 인원들을 자꾸만 밀어 넣는 적들.

이렇게 보니 이것도 나름 인해전술에 속하는 것 같긴 한데…….

"아, 짜증 나."

나는 손에 들고 있던 보고서들을 책상에 내려놓으면서 미간을 잔뜩 찌푸렸다.

사령부가 아니라 최전선에 있고 싶다.

최전선에서 적들을 깨부수는 것이야말로 내 사명이고, 리멘이 나에게 힘을 준 이유다.

이렇게 뒤에서 사령관 노릇을 하는 것보다 그냥 아무 생각 없이 적을 박살 내는 게 덜 피로할 것 같⋯⋯.

웨에에에에에엥-!

그때, 천막 내부에 갑작스럽게 울려 퍼지는 사이렌.

긴급 상황이 발생했다는 뜻이었다.

그러자 천막 내부가 굉장히 분주해졌다.

가장 먼저 반응한 건 강채아 씨였다.

"상황 보고해! 무슨 상황이야?"

강채아 씨의 질문에 정보장교가 서둘러서 대답했다.

"이레귤러 라파엘이 이레귤러와 조우했다는 보고입니 다!"

"좋아, 그러면 천자현 각성자가 직접 지원을⋯⋯."

"채아 씨."

이런 좋은 기회를 놓칠 수야 있나.

나는 채아 씨의 어깨 위에 조심스럽게 손을 올렸다. 그리 고 나지막한 목소리로 말했다.

"제가 가겠습니다."

"그래도 교황님께서 직접 가시는 건⋯⋯."

"제가 가게 해 주세요."

차마 욕구불만이라는 소리는 못 하겠어.

⋯⋯스트레스를 풀 좋은 기회거든.

아, 다 부수고 싶다.

※

사이렌이 울려퍼진 지 2시간 뒤.

중국 랴오닝성의 성도 선양.

"음, 자현 군이 올 줄 알았습니다만, 교황 성하께서 이리 직접 나서 주실 줄이야."

라파엘은 웃으면서 나를 반겨 주었다.

그렇게 말하는 라파엘의 주위에는 엄청난 살상력을 지닌 드론들이 셀 수 없이 움직이고 있었다.

그야말로 움직이는 요새.

나는 라파엘을 향해 가볍게 손을 들어 주었다.

"가끔은 일탈을 좀 해 줘야죠."

"총사령관이 이렇게 쉽게 나서도 됩니까?"

"에이, 어차피 바지 사령관인데요. 정식 직위도 아니잖아요?"

정식 사령관과 참모진은 당연히 군에서 담당하고 있다.

하지만 이번 원정군에서 내 입김은 그 어느 때보다 강한 상태.

그래서 사람들 사이에서는 내가 실세라는 말이 돌아다니고 있었다.

우리 교황님 좀
말려 주세요

사실, 크게 틀린 말은 아니라서 부정하진 못하겠다.

"리멘 교단 3기 교육생들의 전투 성과가 나쁘지 않다고 들었습니다."

"사람 간의 전쟁이 이어질 줄 알았는데, 차라리 잘된 일이죠."

"중국 정부에서 몬스터 토벌을 아예 포기한 모양새입니다, 쯧."

위이이이잉— 콰아아아앙!

라파엘은 손에서 입자포를 발사하면서 혀를 찼다.

라파엘이 발사한 입자포에 허공에서 날아다니던 와이번들이 픽하고 쓰러진다.

단동을 점령한 이후, 우리는 만주 지역의 상황이 꽤 심각하다는 것을 깨달을 수 있었다.

게이트 토벌도 제대로 진행되지 않았는지 셀 수 없이 많은 몬스터들이 밀려들기 시작했다.

전쟁은 전쟁인데, 마치 몬스터와의 전쟁을 이어 나가는 기분.

잃어버린 땅 수복전 페이즈 2 같은 느낌이랄까?

"상황이 어떻습니까?"

"뭐, 보시다시피. 저쪽의 이레귤러가 꽤 재밌는 친구입니다. 중국산 이레귤러라고 해서 무력을 앞세운 놈인 줄 알았더만, 그게 또 아닙니다."

휘이이이이이잉-!

우리의 앞을 가로막는 건 거대한 바람의 장막이었다.

마법과 비슷하지만 조금은 다른 힘.

마법이 한 번 정제된 마력을 사용한다면, 이건 약간 원시적인 마력을 사용하는 듯한 느낌이다.

"누구인지는 알겠네."

우리 쪽의 정보망에 있는 능력이다.

중국에는 자연의 힘을 주로 사용하는 능력, 마치 정령을 부리는 듯한 이레귤러가 있다.

"류 하오쥔."

순리의 오른팔이자 '도사'라고 불리는 이레귤러.

중국의 이레귤러들 중에서 유일하게 못 만나 본 이레귤러기도 했다.

추가적인 정보에 따르면 굉장히 비열하고 여색을 밝히는, 한마디로 개망나니 같은 놈이라고 했는데…….

꼴에 이레귤러는 이레귤러다.

스케일 하나만큼은 제 주인인 순리보다 낫다.

"도시 전체를 바람을 통해서 방어해 낸다. 이거 약간 결계 같은 느낌이 듭니다."

라파엘은 드론을 통해서 이런저런 지표들을 측정하면서 고개를 끄덕였다.

확실히 바람 속에서 마력의 흔적이 느껴진다.

"마정석을 사용한 것 같네요."

"그 비싼 걸…… 이딴 식으로 사용할 거면 차라리 팔기나 하지, 쯧."

"난민들 먹여 살릴 식량은 없고, 시간을 끌 마정석은 있고…… 쯧."

요서 쪽으로 모든 병력이 빠진 줄 알았다만.

저 도시에 도대체 뭐가 있기에 이레귤러를 배치해 둔 걸까?

궁금하긴 하다.

라파엘은 바람의 장막을 이리저리 둘러보면서 나에게 말했다.

"분석은 끝났습니다. 장막을 구성하는 공기를 싸그리 불태워 버리면 무너질 겁니다. 어떻게 하시겠습니까?"

"간만에 몸 좀 풀까 합니다."

이런 적이 한두 번이 아니었기 때문에 라파엘은 금세 내 속셈을 알아차렸다.

"그럼 저는 도시의 민간인들을 구출하는 데 신경을 쓰도록 하겠습니다."

"혼자서 가능……."

좌르르르륵.

순식간에 바닥에서 조립되기 시작한 로봇 개들.

라파엘은 그 개들 중 한 마리의 머리를 쓰다듬으면서 말했다.

"이런 상황이 나올 줄 알고 따로 생산해 둔 녀석들입니다. 숫자는 대략 3천 마리 정도?"

"걸어 다니는 로봇 공장이세요?"

"하하! 좋은 표현이군요. 구조는 저에게 맡기십시오."

"이런 능력을 지니신 분이 어째서 저를 전폭적으로 도와주신대? 국적을 포기하신 김에 아예 국가를 새로 하나 세우시죠?"

내 장난기 섞인 말에 라파엘이 희미하게 미소를 지었다. 그리고 고개를 가로저으면서 말했다.

"말씀드렸잖습니까, 돌아갈 세계가 있다고. 교황님, 부탁 하나만 하겠습니다."

"편하게 하세요."

나를 지금까지 도와준 라파엘의 부탁이라면 얼마든지 들어줄 수 있지.

내가 고개를 끄덕이자 라파엘은 하늘을 올려다보면서 말했다.

"연구에 진척이 있었습니다. 최근 들어 지구 곳곳에 다른 차원과의 통로가 개방되고 있습니다. 아마 교황님께서 말씀하신 그 고대 신이라는 존재들과 연관되어 있겠지요."

고대 신들은 다양한 차원으로 퍼져 있던 존재들.

그들이 지구로 돌아오기 위해서는 응당 차원 간의 통로를 개방한 채로 들어와야 한다.

라파엘은 눈을 빛내면서 말했다.

"원리는 알겠습니다. 원리는 알겠는데…… 그 원리를 이용해서 차원문을 개방하려면 자격이 필요한 것 같더군요."

"……신격."

그 부분에 대해서는 테라에게 이미 들었다.

주신급의 성좌, 그러니까 신격만이 그 차원 통로를 개방할수 있다.

"교황님께서 저에게 제가 있던 곳으로 돌아갈 기회를 주셨으면 합니다."

나에게 있어서 지구는 고향이었지만, 누군가에게는 또다른 유배지일 수도 있다.

가족들을 저쪽 세계에 둔 라파엘처럼 말이다.

나는 라파엘의 말에 천천히 고개를 끄덕였다.

"약속합니다."

"역시, 교황님은 관대하십니다."

"지구상에 미친놈은 하나라도 줄이는 게 좋지 않을까요? 제 귀여운 동생을 위해서……라고 해 두죠."

내 말에 라파엘이 크게 웃더니 고개를 끄덕였다.

"쑥스러워하시기는."

"크흠."

헛기침을 몇 번 내뱉었다. 그리고 양 주먹에 신성력을 끌어모았다.

"하여간에 다녀오겠습니다."

"길을 뚫어 드릴까요?"

"괜찮습니다."

자기의 일은 스스로 해야 하는 법이지.

나는 피식 웃은 다음, 곧바로 장막을 향해 몸을 내던졌다.

휘이이이이이이이이-!

칼날 같은 바람이 내 온몸을 갉아 먹을 듯이 몰아치기 시작했다.

※

장막을 뚫고 도시 내부로 진입했다.

"흠."

선양의 풍경은 지금까지 내가 본 중국의 도시 중에서 가장 멀쩡했다.

파괴된 곳 없이 아주 말끔한 모습.

딱 한 가지 문제가 있다면.

"대피 작업은 따로 없었나 보네."

이곳의 시민들도 대피를 하지 못했다는 것.

즉, 스케일이 크게 싸우게 되면 민간인 희생이 불가피해진다는 뜻이다.

이거야말로 인간 방패다.

"누가 순리 오른팔 아니랄까 봐 비열한 것 좀 봐라."

그 나물에 그 밥이다.

윗물이 맑아야 아랫물도 맑은 법인데, 윗물부터가 속으론 다른 생각을 하고 있으니 제대로 돌아갈 리가 있나.

"후우."

선양에서 가장 높은 빌딩.

그곳에서 이레귤러의 기운이 적나라하게 느껴지고 있었다.

시야에도 정확하게 들어온다.

백색 도포에 백우선을 들고, 수염을 아주 멋들어지게 기른 중년의 남성.

"제갈량 코스프레도 아니고, 쯧."

누가 보더라도 삼국지의 제갈량을 떠올리게 만드는 이레귤러.

저놈이 바로 류 하오쿼일 것이다.

녀석은 높은 곳에서 나를 내려다보면서 가볍게 백우선을 휘저었다.

그러자.

콰르르르릉-!

마른하늘에서 갑작스럽게 날벼락이 떨어진다.

그것은 환각이나 장난질 따위가 아니라, 진짜 번개였다.

화르르륵.

날벼락이 떨어진 자리가 폭탄이라도 터진 듯이 깊숙이 파였고, 그 자리에서 거센 불길이 타올랐다.

문제는 그 자리에.

"살, 살려 주세요!"

"꺄아아아아악!"

죄 없는 민간인들이 있었다는 거다.

보통 이레귤러라면 자국의 민간인들을 보호하는 게 정상 아닌가?

지금 자국의 민간인이 벼락을 맞고 죽었는데.

"……웃어?"

백우선을 살랑살랑 흔들면서, 입꼬리를 올린 채로 나를 내려다보고 있었다.

목구멍 너머로 벌레가 기어다니는 듯한 불쾌감.

백명교도도 아닌 놈이 이만큼 혐오감을 이끌어 내는 것도 참 쉬운 일이 아니다.

김시우, 네놈이 이 땅에 발을 디딘 건 실수다! 비록 순리님께서 네놈에게 패하셨지만, 이곳에서만큼은 결과가 다를 것이야.

스스로를 도사라고는 말하지만, 행동 방식 자체는 마법사와 거의 흡사하다.

마법사들이 진지 구축에 아주 능한 만큼, 저 녀석도 마찬가지일 것이다.

공기의 흐름조차 인위적인 걸 봐서는 이미 도시 곳곳에 함정이 설치되어 있는 것 같다.

게다가 한 가지 더.

"백명교가 제물을 바치던 곳이었나?"

이곳의 지하에서 고대 신의 신성력이 진득하게 느껴진다.

백명교가 자신의 신들에게 제사를 드리는 제단이 있는 것이 틀림없었다.

녀석들이 지키는 데에는 역시 이유가 있었던 모양이다.

위대한 분들께서 나에게 새로운 힘을 허락하셨다. 이미 이곳은 성스러운 땅, 이곳에서 그분들의 명을 거역하는 것은 자살행위다.

녀석이 그 말을 하기 무섭게, 곧 내 눈앞에 붉은색의 메시지창이 떠오른다.

해당 지역은 다른 신격의 〈성지〉로 성포된 지역입니다.
해당 지역에서 〈종교:???〉를 지닌 자들의 전투력이 대폭 강화됩니다. 〈성지〉
를 무너뜨리기 위해서는 〈성지〉의 구심점을 파괴해야만 합니다.

테라가 메시지창을 통해서 이런저런 정보를 제공해 주려고 했지만, 나는 도리어 메시지 알림 기능을 해제했다.

"나쁜 놈들을 패 주겠다는데 뭐 그렇게 알려 주는 게 많아? 그냥 죽기 직전까지 팬 다음, 한 대 더 패서 죽여 버리면 되지."

그때였다.

스르르르륵.

스르르륵.

"꺄아아아아악!"

"허어어억!"

사방에서 비명 소리가 울려 퍼지기 시작했다.

지금까지 멀쩡해 보였던 건물들의 형상이 일그러지기 시작했으며, 곧 그 사이에서 얼굴 없는 괴물들이 모습을 드러냈다.

현실의 경계가 무너진다.

내가 지금까지 보고 있었던 도시가 거짓이라는 걸 증명이라도 하듯, 〈공간〉 자체에 금이 가기 시작했다.

쩌저저저저적.

허공 속에서 뻗어 나간 〈금〉은 곧 거대한 균열을 만들어 냈다.

그 균열 뒤로 주황색의 하늘이 드러난다.

잠시 후.

휘이이이이이잉-!

균열은 엄청난 힘으로 주위의 모든 것들을 빨아들이기 시작했다.

완전한 파괴 속에서 새로운 질서가 태어날 것이다.

저건 류 하오쥔 혼자서 만들 수 있는 함정이 아니었다.

고대 신들이 직접 손을 대야지만 만들 수 있는 재앙.

나는 그 끔찍한 풍경을 바라보며 실소를 금치 못했다.

"이딴 짓을 벌여 놓고서는……. 너희가 도대체 정화자랑 다를 게 뭐냐?"

머릿속이 명확해진다.

정화자?

백명교?

내가 봤을 땐 그 둘은 별반 다르지 않다.

세상을 혼란스럽게 하는 놈들이나, 세상을 파괴하고 새롭게 창조하겠다는 놈들이나.

둘 다 거기서 거기다.

인류의 적, 해악.

"그래서 내가 너희를 똑같이 대우하는 거야, 이 쓰레기 새끼들아."

나와 리멘 교단이 해야 할 일은 명확하다.

에덴에서도 그러하였듯, 그저 지킬 뿐이다.

나는 어느새 균열 위로 이동한 류 하오쥔을 바라보며 해맑게 미소를 지었다.

그리고 부드러운 목소리로 말했다.

"류 하오쥔, 너 혹시 산 채로 척추가 뽑혀 본 적이 있어?"

……뭐?

"없나 보네. 좋아."

아, 다행이다.

"오늘 내가 너한테 그 진귀한 경험을 선물해 줄게. 사양하지 마."

내가 처음이라서.

미친개한테 물리면?

류 하오쥔은 언젠가 들었던 위대한 이들의 목소리를 떠올렸다.

─너에게 새로운 질서를 주도할 힘을 선사하겠노니, 나를 받아들이고 더 높은 경지로 올라서라. 그리하면 너는 새로운 세상을 손에 넣으리라.
─우리가 너에게 새로운 미래를 약속하마.

지구로 돌아온 이후, 그가 처음으로 마주했던 거대한 벽.
지구로 돌아온 이후로 그가 태어났던 중국에서 온갖 향락을 누릴 수 있었다.

원하는 것은 다 가졌으며, 원하는 여자는 마음껏 품었다.

하지만 그 와중에도 힘에 대한 갈망은 충족하지 못했다.

'스승님들조차 나에게 주지 못했던 힘인데……'

류 하오췬은 '도원'이라는 세계에서 20년에 가까운 세월 동안 수행을 하다 왔다.

'도원'은 도사들과 요괴들이 나타나던 세계.

그 세계에서 그는 세 명의 스승님을 두고 도술을 배웠다.

스승님들은 모두 좋은 분들이셨다.

괴팍하기는 했으나, 항상 섬세하게 류 하오췬에게 가르침을 내려 주었다.

도술을 사용하는 법부터 시작해서 도사로서 지녀야 하는 마음가짐.

류 하오췬은 그 세 명의 스승 밑에서 열심히 도술을 배웠고, 그 누구보다 빠르게 강해질 수 있었다.

하지만 어느 순간부터인가 스승들은 그에게 더 이상의 가르침을 내려 주지 않았다.

이유는 하나였다.

-네 마음속에 여전히 그림자가 드리워져 있구나. 욕심에서 벗어나야만 한다, 어리석은 제자야. 힘이란 건 취할수록 멀어지는 법이다.

스승들은 언제나 류 하오쥔의 탐욕을 경계했다.

더 많은 것을 탐내려고 할 때마다 그것이 잘못되었다고 말할 뿐, 류 하오쥔에게 새로운 경지를 보여 주지 않았다.

힘이 있음에도 사용하지 못했고, 인정받지 못했다.

그런 와중에 류 하오쥔은 지구로 돌아오게 되었다.

지구로 귀환한 이후로는 탄탄대로였다.

한때 그 누구보다 무서웠던 정부는 귀환한 그에게 천하의 모든 것을 누릴 수 있게 해 주었다.

그때부터 그의 전성기가 시작되었다.

순리와 힘을 합쳐서 정적을 하나둘씩 제거해 나갔고, 더욱 많은 권력을 얻게 되었다.

인민을 위한 봉사?

애초에 그딴 건 생각하지도 않았다.

약한 자들이 밟히는 건 지극히 정상적인 현상이며 자연의 섭리였다.

스승들은 류 하오쥔의 그런 생각을 극도로 혐오했으나, 지구로 돌아와서 사귄 순리는 그런 그의 생각에 기꺼이 동조해 주었다.

그렇게 향락도 슬슬 질려 갈 때쯤, 백명교라는 종교 집단과 마주하게 되었다.

그들은 그에게 '신'을 만나게 해 주었고, '신'은 류 하오쥔의 갈망을 충족시켜 주기로 약속했다.

스승들이 그토록 막으려고 했던 경지.

인간에서 벗어나는 '탈각'의 경지를 약속했던 것이다.

'신'과의 약속에 따르면 자신은 분명히 인간의 경지를 벗어나 아득히 높은 존재가 되었어야만 했다.

분명히 그랬어야만 했는데.

콰드드드드득.

"크아아아아아아아아악!"

"팔이 뽑혀 본 것도 처음이야? 이 새끼 이거, 너무 곱게 자랐네. 이레귤러들은 보통 다 이 정도는 버티던데."

"나는, 나는 이미 인간의 껍데기를 벗어던졌⋯⋯."

"벌써 정신이 나간 건가?"

그에게 벌어지고 있는 일들은 류 하오쥔이 전혀 예상할 수 없었던 범주에 있었다.

'신'들의 힘을 받아들인 이후, 그는 본인에게 적수가 없을 것이라 생각했다.

도술은 그 어느 때보다 강대했다.

자연의 모든 것이 그의 명령에 따랐고, 중국 최고의 이레귤러라고 할 수 있는 이세민조차도 압살할 자신이 있었다.

하지만 눈앞의 괴물은 이세민과 달랐다.

"지진, 벼락, 태풍. 다 좋아. 다 좋은데, 신체는 단련 안 했어? 체력이 국력이다. 그 말 모르냐?"

김시우.

대한민국에 갑자기 출현한 이레귤러.

그에 대한 소문은 익히 들어 알고 있었지만, 이 정도로 미친놈일 줄은 몰랐다.

벼락에 정통으로 맞아도 기절하지 않는다.

땅조차 증발시킬 정도의 벼락이었음에도 김시우는 온몸에 연기를 피워 올리면서 달려들었다.

칼날 같은 질풍도, 대지를 뒤집어 버리는 지진도.

류 하오쥔의 능력 중 그 무엇도 김시우를 막아 세울 수 없었다.

"살, 살려 줘."

이미 뽑혀 버린 오른쪽 팔에서는 쉴 새 없이 피가 솟구친다.

기운을 운용하여 지혈하려고 노력했지만, 어째서인지 환부 부근에 이상한 기운이 스며들어 있었다.

환부로부터 기어 올라오는 고통이 그의 전신을 잠식해 간다.

치욕스러운 일이었다.

하지만 류 하오쥔은 그 어느 때보다 간절한 목소리로 김시우에게 빌었다.

"나는…… 나는 그냥 순리랑 백명교가 시킨 대로 했을 뿐이야. 잘못 없어. 정보, 그, 그래 정보! 정보라면 뭐든지 알려 줄게."

일단, 이 상황을 벗어나야만 한다.

일주일 내내 공을 들였던 결계들이 단숨에 돌파당하고 말았다.

아무리 발광을 해도 이 괴물로부터 벗어날 순 없을 것 같았다.

목숨을 부지해야 한다.

복수를 하기 위해선 살아남는 게 우선이다.

상대할 수 있을 거라 생각했던 자신의 판단이 틀렸다.

이 인간, 아니 인간이라고 부르기도 뭐한 괴물은 자신의 상대가 아니었다.

치욕스럽더라도 자비를 구걸하자.

군자복수 십년불만.

군자의 복수는 십 년을 참아도 늦지 않는다. 이 치욕의 상황만 넘기고, 다시 이 괴물에게 칼을 꽂아 넣으면 된다. 살아만 있다면 기회는 온다.

"내가 말했지."

"항복한다고! 항복!"

"척추 산 채로 뽑아 준다고."

김시우는 웃으면서 류 하오쥔의 목을 움켜쥐었다.

항복을 받아 주지 않는 미친놈.

류 하오쥔은 몸을 버둥거리면서 간절하게 소리쳤다.

"나 이레귤러라니까? 노예라도 될게! 응? 앞장서서 중국을 무너뜨리는 걸 도와줄…….”

그때였다.

환청일까?

그의 귓가에 가장 엄했던 스승의 목소리가 들려왔다.

－네가 고향으로 돌아가게 되더라도 반드시 숨어 지내라.
너에게 허락된 생명이 그리 길지 않다, 제자야.

스승의 말은 단 한 번도 틀린 적이 없었다.

그리고 그것은 이번에도 마찬가지일 것이다.

류 하오쥔은 떨리는 눈으로 김시우를 바라보았다.

김시우는 그런 류 하오쥔을 한심하다는 듯 쳐다보면서 말
했다.

“네가 왕웨이보다 못하구나. 왜 순리가 끝까지 네놈을 안
쓰려고 했는지 알겠네. 왕웨이보다 무능하기가 쉽지 않은데,
아마 네가 전 세계의 이레귤러 중 가장 병신일 거야. 내가 장
담하지.”

“제발…….”

“이레귤러란 놈이 아직도 받아들인 힘이 뭔지를 몰라? 그
건 말이야…… 아, 늦었나?”

류 하오쥔은 자신의 심장으로부터 무언가 꿈틀거리는 것
을 느꼈다.

거대한 벌레가 심장을 파먹는 듯한 고통.

그 고통에 비명조차 나오지 않았다. 그리고 시야가 조금씩 흐릿해지기 시작했다.

"그러니까 누가 사이비한테 넘어가래? 그래도 약속은 약속이니까, 산 채로 뽑아는 줄게."

콰드드득.

그 말을 끝으로 류 하오쥔의 시야가 새까맣게 물들었다.

그 어둠 너머에는 아무것도 남아 있지 않았다.

아무것도.

❧

힘에 취한 놈만큼 처리하기 쉬운 상대가 없다.

원래 힘이란 건 항상 경계해야만 한다. 내가 가지고 있는 힘이 아무리 강대하다고 한들, 언제나 전력을 다할 각오로 나서야 된다.

힘에 취한 자들의 말로가 대부분 이렇다.

천둥벌거숭이처럼 설치다가 한 방에 꽥 하고 죽는 것.

그런 점에서 보았을 때 류 하오쥔의 최후는 녀석의 성격과 아주 잘 어울렸다고 볼 수 있겠다.

개망나니의 최후로 '산 채로 척추 뽑히기'는 딱 걸맞은 게 아닐까?

문제는 그다음이다.

콰르르륵.

척추가 뽑혀 나가면서 쓰러진 류 하오쥔의 몸에서 검은색 벌레들이 모습을 드러낸다.

류 하오쥔의 몸에서 기생하고 있던 벌레들.

그 벌레들을 누가 심었는지는 안 봐도 비디오다.

"벌레 새끼들 아니랄까 봐, 하는 짓도 벌레 같네."

백명교.

이레귤러의 몸속에다가 저딴 벌레를 심어 둘 생각을 하는 건 백명교뿐이다.

류 하오쥔의 몸에서는 일말의 신성력까지 느껴졌었다.

류 하오쥔은 아마 죽는 순간에도 고대 신 놈들이 자신에게 세례를 내려서 강하게 만들어 줬다고 착각했을 것이다.

고대 신들이 이 녀석의 몸에 심어 둔 건 힘 따위가 아니다.

저건 저주다.

영혼까지 갉아먹어서 무언가를 소환하게 만드는, 기생충 같은 저주.

다른 사람들은 몰라도 내 눈에는 보인다.

"그래, 이렇게 쉽게 끝나면 내가 더 섭섭하지."

류 하오쥔의 척추를 뽑기까지 소요된 시간은 5분.

고작 5분 가지고는 그동안의 욕구가 해소되지 않는다.

대척점에 선 자.
헤아릴 수 없는 죽음을 맞이하라.

벌레들이 일제히 검은 독액을 허공으로 내뿜는다.
그리고 잠시 후, 그 독액 속에서 거대한 낫을 든 해골이 모습을 드러냈다.
스켈레톤 따위의 언데드가 아니었다.
그 해골로부터 강대한 신성력이 느껴졌으며, 높은 격까지 느껴졌다.

해당 지역의 인과율이 폭주합니다.
인과율이 @!#!@#! 마비~~!#%

메시지 표시 기능을 해제했음에도 불구하고 온갖 붉은색 메시지가 떠오른다.
테라가 보내는 강력한 경고.
메시지창에 표기되던 글자들도 일그러지기 시작한다.
시스템이 불안정해질 정도로 강대한 적.

고향으로 돌아오니 좋구나. 이곳은 원래 우리의 세계였다. 긴 세월을 지나 고향으로 돌아온 것인데, 마땅한 환영 인사가 없어서 섭섭하군.

우리 교향녀 좀
말려 주세요

해골은 가볍게 낫을 흔들었다.

그러자 뼈뿐이던 녀석의 몸체에 검은색 벌레들이 달라붙었고, 벌레들은 곧 살로 변하기 시작했다.

순식간에 해골은 인간으로 변화한다.

검은색 머리를 길게 내려뜨린 남자.

그는 주변의 시체 중 하나가 입고 있던 검은색 양복을 슬쩍 보더니, 만족스럽게 웃으면서 손가락을 튕겼다.

스르륵.

잠시 후, 그의 나신 위에 정장이 생성된다.

"오랜만에 필멸자의 모습을 하니 마음에 들어."

푸른색으로 빛나던 남자의 눈은 어느새 심연과도 같은 흑색으로 물든다.

그는 그 심연과도 같은 눈으로 나를 바라보았다.

"우리의 제안만 받아들였다면 너 역시 우리의 형제가 되었을 것이다. 막내로서 우리가 아주 예뻐해 줬을 텐데…… 이래저래 아쉬울 따름이다."

그건 머릿속에 울려 퍼지는 신탁이 아니었다.

생생한 육성.

마치 살아 있는 자의 목소리 같았다.

그 목소리를 어디선가 들은 듯했다. 내가 알고 있는 사람의 목소리와 비슷…….

아, 테라와 비슷한 느낌을 주는 목소리구나.

그는 신기하다는 듯이 나를 들여다보았다.

"지구의 인간이면서 다른 차원의 신성력을 지니고 있다는 것부터가 흥미롭다. 우리의 형제 하나와 애완동물을 잡아먹었다고 들었어. 보기보다 먹성이 좋아 보여."

"내가 생각하던 고대 신들과는 좀 다른데? 촉수도 없고, 그렇다고 말이 끊기지도 않고…… 조금은 '신' 같다?"

"형체를 상실한 형제들과 나를 비교하지 말거라. 형체를 잃어버린 형제들은 원래부터 격이 낮았던 놈들이다. 다른 차원의 신격을 흡수하는 과정에서 본질을 잃어버린 셈이지. 하지만 나는 다르다."

남자는 웃으면서 낫을 휘둘렀다.

그러자 회색빛으로 물든 하늘이 도화지처럼 반으로 갈라졌다.

남자가 낫으로 그은 선을 중심으로 색도 명확하게 분리된다.

회색빛과 주황색.

균열에서 흘러나오는 신성력들이 소용돌이치듯 남자의 몸으로 빨려 들어갔다.

"테라, 보고 있냐?"

인과율이 무너지고 시스템이 교란되고 있어서 힘든 걸까?

테라는 대답을 하지 않았다. 그러나 그 대신 시스템 메시지창으로 대답을 대체했다.

퀘스트가 발생했습니다.
[헤아릴 수 없는 죽음]
●종류: 메인 – 시나리오
●설명: 플루토, 하데스, 명왕 등 여러 이름으로 불렸던 고대의 신격이 모습을 드러냈습니다. 그를 이곳에서 몰아내야만 합니다.
●완료 조건: 그를 죽이거나 몰아낼 것.

나는 웃으면서 메시지창을 닫았다.

그리고 눈앞의 '죽음'을 바라보면서 입꼬리를 올렸다.

류 하오쥔으로 스트레스를 제대로 못 풀었으니까 저놈한테 풀어야겠다.

이런 걸 보고 꿩 대신 닭이라고 하지.

……아니, 닭 대신 꿩이려나?

"내가 지금까지 상대했던 신격들 대부분이 약골이어서 섭섭했거든. 그러니까 이번엔 제발 날 실망시키지 말아 줘."

　　　　　　　　　　❖

에덴에서의 기억을 잠시 되짚어 보면, 그 기억들에는 오로지 전투뿐이었다.

마수를 박살 내고.

마족을 박살 내고.

마족 측에 가담한 배신자도 박살 내고.

마지막에는 마왕 놈들까지 박살 내고.

모든 전쟁을 끝낸 뒤에는 잠시나마 쉴 수 있었지만, 어찌되었든 대부분을 전쟁 속에서 살아왔던 건 분명하다.

내 꽃다운 20대의 대부분을 말이다.

이게 인간이란 게 그렇다. 꼭 도박이나 약물, 이런 거에만 중독되는 건 아니다.

목숨을 내건 전투, 승리 후의 희열감 등등.

전투 역시 엄청난 중독성을 지니고 있다.

지구로 돌아와서는 전투다운 전투를 해 본 기억이 없는 것 같다.

대부분이 그냥 몇 방 후려치면 죽거나 기절했었지.

어쩌면 내가 귀환한 순간부터 금단증상이 시작되었을지도 모르겠다.

그러나 지금, 그 오랜 기다림 끝에.

콰아아아아아아아앙-.

부우우우욱.

"하아아아."

내 욕구를 충족시켜 주는 존재가 내 앞에 서 있었다.

나는 손끝으로 전해지는 묵직한 타격감에 미소를 감출 수가 없었다.

우리 교황님 좀
말려주세요

"재밌구나."

"너도?"

"자신의 살이 갈라지는데도 미소를 짓다니…… 이거 완전히 미친놈이었어."

나는 일단 녀석을 플루토라 부르기로 했다.

내 주먹은 녀석의 복부를 강타했고, 녀석의 낫은 순간적으로 내 오른쪽 가슴을 스쳐 지나갔다.

낫이 얼마나 날카롭던지 스치는 것만으로도 살이 잘려 나가더라.

미스릴 갑옷보다 더 단단하고 질긴 사제복이 갈라진다.

그리고 그 틈 사이로 피가 번져 나갔다.

그뿐만이 아니다.

스르륵.

환부 주위로 검은색의 점액질이 퍼져 나간다.

그 점액질에는 신성력임에도 불구하고 끔찍할 정도로 음산한 느낌을 선사하는 힘이 담겨 있었다.

"죽음이다. 내 신성력은 죽음으로부터 피어올라, 죽음으로써 완성되지."

망자의 비명 소리들이 들린다.

셀 수 없이 많은 원혼이 낫에서 비명을 내질렀고, 매 순간마다 그 비명 소리가 내 귀를 괴롭힌다.

끼야아아아아악.

플루토의 그림자에서는 그 망령들의 손이 뻗어 나왔다.

마치 그림자에서 죽음이 퍼져 나가는 것만 같았다.

"질서에 거역하는 이들에게 허락되는 것은 오로지 죽음뿐이었다. 즉, 이 세계의 질서는 나로 인해 유지되었던 셈이야."

방금 전 내가 녀석의 복부에 꽂아 넣었던 공격이 그리 큰 피해를 주진 못했나 보다.

플루토는 여전히 여유로운 표정으로 나를 내려다보았다.

녀석은 분명히 강했다.

객관적으로 보자면, 나보다도 더 강했다.

보유하고 있는 신성력부터 시작해서 높은 격까지.

한 차원의 주신급이라고 해도 과언이 아닐 정도로 강한 놈이었다.

그나마 다행인 건 저 녀석 역시 아직까지는 100%의 힘을 발휘하지 못한다는 점.

우우우우웅.

녀석의 뒤에서 일렁거리는 균열에서 쉴 새 없이 신성력과 격이 흘러나왔다.

아마 균열을 통해 연결된 차원이 그동안 플루토가 지냈던 차원인 듯하다.

녀석은 계속해서 균열로부터 나오는 에너지를 흡수하고 있었다.

"이렇게 서로 실력을 견주어 보니 더욱 마음에 든다. 형체

를 잃어버린 내 형제들보단 네가 훨씬 든든한 가족이 되어
줄 것 같은데……. 어떠냐? 내 제안을 받아들여 준다면, 너
에게 못난 형제의 생사여탈권을 주겠다."

"생사여탈권이라면 대충 내가 알아서 골라 먹으라는 거
냐?"

"그렇지. 격을 흡수하여 네 것으로 만들라는 거다. 지금보
다 더 강해질 수 있는 기회지 않나?"

류 하오쥔을 꼬실 때 사용했던 방법을 그대로 사용하는 창
의성 없는 놈.

나는 플루토의 제안에 피식 웃으면서 가운뎃손가락을 들
었다.

"처먹는 건 내가 알아서 처먹을 테니까, 너는 나한테만 좀
집중해라."

"뭐?"

"이제 막 싸우기 시작한 거잖아. 벌써부터 딴 길로 새면
안 되지."

발바닥에 뭉친 신성력을 폭발시키듯이 방출하자 순간적으
로 가속력이 엄청나게 붙었다.

그 가속력 그대로 플루토의 공격 범위 내로 파고들었다.

아주 찰나의 순간.

일반인이었다면 반응조차 못 하고 공간을 내주었겠지만,
플루토는 예상했다는 듯이 낫을 비스듬하게 세웠다.

콰르르륵.

1초 만에 이어진 공방.

나는 건틀릿을 착용한 오른손으로 플루토의 허리에 주먹을 꽂아 넣었다.

하지만 손끝에 걸리는 감각은 없었다.

툭.

플루토는 기다렸다는 듯이 낫을 찍어 내리면서 내 공격을 방어한다. 그리고 살짝 균형이 무너져 내린 내 몸을 곧장 발로 걷어찼다.

"쿨럭."

나는 저항할 새도 없이 뒤로 '발사'되었다.

콰아아아앙-.

그리고 곧 그나마 멀쩡했던 빌딩의 중간층에 처박혔다.

순간적으로 머리가 핑 돌 정도의 충격이 온몸을 훑고 지나간다. 동시에 목구멍 너머로 뜨거운 것이 울컥 치밀어 올랐다.

"퉤."

뱉어 보니 새빨간 선혈이었다.

가벼운 발길질에 일부 장기가 파열된 모양이다.

아주 오래간만에 느끼는 고통이 스멀스멀 등을 타고 올라온다.

그런데 왜일까?

"재밌네."

두렵다기보다는 가슴이 쿵쾅거리기 시작한다.

저 플루토라는 놈, 그간 상대했던 고대 신들과는 전혀 다르다.

싸울 줄 아는 놈이다.

단순히 신성력과 격으로 밀어붙이던 기존의 고대 신들과는 전혀 다르다.

공방을 몇 번 주고받다 보면 본능적으로 깨달을 수 있다.

저 녀석은 싸움에 아주 능한 놈이다.

내가 에덴에서 마왕들을 상대했을 때를 떠올리게 만들 정도로 말이다.

"퉤에."

다시 한번 피를 바닥에 뱉어 냈다.

그리고 소매로 대충 입가를 닦아 낸 다음, 천천히 자리에서 일어섰다.

원래 싸우면서 피를 토해야 제대로 된 싸움이지.

그리고 그때.

우우우우우우웅-!

나를 이곳으로 날려 보낸 플루토가 다시 한번 낫을 휘두르면서 허공에 거대한 흑색 반월을 생성해 냈다.

신성력과 격이 잔뜩 담긴 에너지 덩어리.

나는 그 반월을 바라보면서 묵묵히 손에 창을 소환했다.

그리고 나를 향해 날아드는 반월을 향해 창을 있는 힘껏 던졌다.

회색빛의 창과 검은색의 반월이 맞닿은 순간.

피이이이잇.

회색빛과 주황빛으로 나뉘어 있던 하늘에 또다른 균열이 생성된다.

폭발음조차 잡아먹을 정도로 강력한 흡인력을 지닌 균열이 말이다.

시야가 온통 회색으로 물든 그 순간.

"그래, 그리 쉽게 쓰러지면 안 되지."

플루토가 내 앞의 공간을 찢으면서 모습을 드러냈고, 곧장 낫을 휘둘렀다.

촤르르륵.

몸을 숙여서 공격을 회피했다.

그러나 플루토는 내가 회피할 것을 예상했다는 듯이 낫을 가볍게 한 번 더 휘둘렀다.

직감적으로 그 공격의 의도를 감지했다.

내 몸을 단번에 양단하려는 살의가 가득한 공격.

찰나의 순간에 이루어진 그 공격을 가까스로 몸을 비틀어 회피했다.

하지만 완벽하게 회피하지는 못했다.

툭.

오른쪽 손목을 불로 지지는 것 같은 통증이 몰려든다.

그리고 동시에 건틀릿을 끼고 있던 오른손이 바닥에 떨어진다.

플루토의 낫이 내 손목을 깔끔하게 잘라 냈다.

나는 바닥에 떨어진 내 오른손을 조용히 바라보았다. 그리고 왼손으로 손을 주워 절단 부위에 가져다 댄 다음, 신성력을 불어 넣었다.

우우우웅.

작은 빛과 함께 다시 깔끔하게 붙은 오른손.

오른손을 쥐었다 펴 보니 멀쩡하다.

그 모습을 지켜보던 플루토가 혀를 내두르면서 말했다.

"방금 전에 손이 잘렸는데 놀랍지도 않나? 보통 인간들은 비명을 내지르면서 두려워했다."

나는 그 말에 입꼬리를 히죽이면서 답했다.

"예전에 팔이 한번 잘려 봐서 이 정도야 뭐. 전투 도중에 손목이 잘려 나가는 건 흔히 있는 일이잖아? 장기가 흘러내려도 다시 집어넣고 싸운 적도 있는데 뭐."

"목을 잘라 내야 멈추나?"

"생각해 보니 목이 잘린 적은 없네. 네가 한번 잘라 볼래?"

"네가 만약 내 형제가 된다면, 우리들 중에서 광기로는 손에 꼽힐 것 같구나. 내가 직접 너에게 신의 이름을 지어 주

마. 숨길 수 없는 광기, 이런 이름은 어떠냐?"

"네가 뭔데 내 이름을 지어 주냐. 부모님이 주신 김시우라
는 이름이 있잖아."

"내가 너의 부모가 되어 주−."

빠르게 방금 전에 녀석이 사용했던 기술을 모방했다.

신성력을 통해 공간을 뛰어넘는 기술.

나에게 주어진 〈형성〉이라는 권능을 통해서 공간을 이어
버린 후, 문을 넘듯이 넘어가는 것.

마법사들의 순간 이동과 효과는 비슷했지만 걸리는 시간
은 압도적으로 빨랐다.

콰아아앙!

내 주먹이 다시 한번 녀석의 복부를 강타했다.

이번에는 아까와는 달랐다.

쩌저저적.

녀석이 입고 있던 정장이 순식간에 쪼개지더니, 곧 녀석의
흰색 속살이 드러났다.

그리고 그와 동시에 플루토의 몸이 붕 떴다.

나는 볼품없이 나가떨어지는 플루토를 향해 말했다.

"패드립은 선 넘었지."

선은 지켜야지.

"안 그러냐, 테라?"

"전적으로 동의한다. 패드립이라…… 부모가 없는 놈이라서 그러는 거니 네가 이해 좀 해 줘라, 교황."

주황빛과 끝없이 싸우고 있던 회색빛 하늘에서 무언가 땅을 향해 벼락처럼 내리친다.

벼락이 내리친 자리에서 곧 누군가 몸을 일으켰다.

그녀는 등장하자마자 곧장 플루토의 멱살을 잡아 올리면서 말했다.

"오랜만이네, 내 형제."

테라의 살기가 가득 담긴 목소리에 플루토가 반갑다는 듯이 화답했다.

"저 인간이 너에게도 그렇게나 중요했나? 매사에 신중하시던 우리 배신자께서 친히 나오실 줄이야……. 설마설마했어. 아, 혹시 예전처럼 인간과 사랑에 빠지셨나?"

"그 혓바닥은 여전한 것 같아서 보기 좋아."

테라는 자신의 신성력을 있는 힘껏 방출하면서 플루토를 압박하기 시작했다.

하지만 플루토는 여전히 여유로운 표정으로 말했다.

"테라, 너 혼자서 우리를 감당할 수 있겠느냐?"

그 말에 테라가 코웃음을 친다. 그리고 천천히 눈을 빛내면서 답했다.

"누가 혼자래?"

그때였다.

테라가 뚫고 들어온 하늘에서 거대한 신성력이 꿈틀거렸다.

고대 신들의 신성력과는 전혀 다른 신성력.

그 신성력을 감지하자마자 내 몸속의 신성력도 함께 꿈틀거린다.

나는 그 신성력의 주인이 누구인지 본능적으로 깨달을 수 있었다.

테라는 여전히 플루토의 멱살을 잡은 채로 말했다.

"나, 지구의 주신 테라는 차원을 관장하는 인과율의 관리자로서 에덴의 주신 리멘에게 맹약을 이행할 것을 요구한다."

느껴진다.

그동안 나와 리멘을 가로막고 있던 차원의 통로가 빠른 속도로 확장된다.

파아아아아앗-!

하늘에서 새하얀 빛이 반짝거린다.

그리고 그 새하얀 빛은 지상을 좀먹고 있던 플루토의 하수인들을 순식간에 휩쓸었고, 곧 내 앞으로 모여들었다.

찬란한 빛의 기둥.

그 기둥에서 한 여자가 조용히 걸어 나왔다.

문득 내가 처음 에덴으로 납치되었을 때의 기억이 떠오른다.

그때도 이랬다.

어느 순간 갑자기 내 앞에 나타났던 빛줄기, 그 속에서 숨 막힐 정도로 아름다운 존재가 걸어 나왔더랬지.

그녀와 마주하는 순간, 나도 모르게 홀려 버렸었다.

바로 지금처럼.

빛을 머금은 그녀가 나에게 부드러운 목소리로 속삭였다.

"예전에 내가 시우를 에덴으로 데려간 다음, 마왕을 죽여 달라고 했었잖아. 그때 시우가 나한테 뭐라고 대답했는지 기억나?"

"적어도 밸런스는 맞아야 하지 않냐고."

"시우 혼자서 저 많은 신격들과 싸우는 건 공평하지 못하잖아. 그래서 내가 이번에는 밸런스를 맞춰 주려고."

리멘은 까치발을 들어 내 머리를 쓰다듬어 주었다. 그리고 화사하게 웃으면서 말했다.

"시우는 생판 모르는 세계로 건너와, 생판 모르는 세계를 지켜 줬어."

그녀는 가볍게 손을 흔들었다.

"이제는 우리 에덴이 시우와 시우의 세계를 도와줄 차례야."

잠시 후.

"……좀 감동인데."

예상치도 못했던 장면이 눈앞에 펼쳐졌다.

❧

찬란한 빛기둥에서 군세가 걸어 나온다.

리멘의 광휘를 잔뜩 머금은 순백색의 갑옷이 플루토의 병력을 가차 없이 베어 내며 전진한다.

"귀찮구나."

플루토가 가볍게 낫을 휘두른다.

그의 낫에서 뻗어 나간 신성력은 그의 이명에 걸맞게 죽음과도 같은 힘으로 군세를 휩쓸고자 했다.

하지만 그것도 잠시.

사르르르륵.

솟구쳐 오른 흙벽과 압도적인 빛이 그의 신성력을 가로막는다.

리멘과 테라.

그 두 신의 비호 속에서 천을 가뿐히 넘기는 군세가 마침내 이 땅 위에 발을 내디뎠다.

그리고 그들은 일제히 나를 향해 무릎을 꿇으며 소리쳤다.

"제3신전성기사단의 성기사들이 교황 성하를 뵙습니다! 리멘의 영광이 당신께 있기를!"

"제2전투사제단의 전투 사제들이 교황 성하를 뵙습니다!

리멘의 구원이 당신께 있기를!"

그들은 나의 전우였다.

아주 오랜 시간 동안 에덴에서 나와 함께했던 전우들.

수많은 생사의 고비를 넘나들며 기적과도 같은 승리를 일구어 냈던 영웅들이었다.

"차원 간의 연결이 아직 완벽하진 않아. 그래서 일단 1차는 이 정도. 어때, 시우. 내 서프라이즈 선물이 마음에 들어?"

"에덴의 상황은……."

"에덴을 침범하려던 놈들은 전부 분쇄했어. 정리하느라 너무 정신없기는 했었는데, 그래도 다행히 시간은 잘 맞춘 것 같네."

그동안 리멘이 바빴던 이유가 이 때문이었을까?

빛기둥에서 걸어 나온 리멘 교단의 병력은 정말 최정예라고 할 수 있었다.

마왕들과의 전쟁에서 마지막까지 살아남은 자들이었기 때문이다.

싸운 날이 싸우지 않는 날보다 많은 존재들.

에덴이라는 세계를 위해 인생의 모든 것을 바쳤던 존재들이 이번에는 나와 내 세계를 구원하고자 이 자리에 기꺼이 나섰다.

"보다시피 제3성기사단과 제2전투사제단을 데려왔어. 한때 루나와 레오가 이끌었던 아이들이기도 하고, 시우 너와도 호흡이 잘 맞는 아이들이잖아? 지금은 차원이 완전히 연결된 건 아니라서 이 정도가 한계야. 다음 후속 병력이 오는 건 지구의 시간으로…… 2주 정도 뒤겠다."

"……이 정도면 충분하고도 남지."

성기사 6백과 전투 사제 4백.

게다가 그들 모두가 하나같이 백전노장의 최정예들이다.

지구의 리멘 교단에게 부족했던 '실전 경험'을 완벽하게 전수해 줄 수 있는 베테랑들.

"서프라이즈 선물이 마음에 안 들어?"

리멘은 살포시 내 손을 잡으면서 물었다. 그리고 나는 그런 리멘을 향해 세차게 고개를 좌우로 흔들었다.

"그럴 리가. 내 생애 최고의 서프라이즈 선물인데?"

"그렇게 말해 주니 내가 기분이 좋네!"

그녀는 그렇게 말한 다음, 다시 고개를 돌려 플루토를 바라보았다.

"네가 이곳에서 할 수 있는 것은 아무도 없다."

"에덴의 주신이여, 그대는 이곳에서 무엇을 이룰 셈인가? 한 차원의 주신이 다른 차원에 현신하는 대가가 무엇인지 알 텐데."

그리고 그때.

리멘의 입에서 생각지도 못한 거친 말이 튀어나왔다.

"고향에서 쫓겨난, 버러지만도 못한 패배자가 신경 쓸 만한 문제는 아닌 것 같은데? 너, 주신 해 본 적이나 있어?"

"재밌군. 네가 저 인간의 보호자라도 된다는 것이냐?"

"보호자가 아니라 동반자야."

"눈물겹구나, 하하!"

플루토는 큰 소리로 웃어 젖히더니 곧 낫을 내려놓았다.

그러자 그의 낫이 먼지가 되어 바스러졌다.

"아쉽게 되었어. 이곳이 바로 그 인간의 무덤이 되었을진대, 상황이 이리되니 흥이 식어 버렸어. 여기까지만 해야 되겠군."

저 녀석의 말은 거짓이 아니다.

플루토는 나를 죽일 수 있을 만큼의 강자였으니까.

나는 아직도 욱신거리는 손목을 주무르면서 비릿하게 입꼬리를 올렸다.

녀석의 기운이 손목 부근에 살짝 남아 있었다. 그래서인지 재생을 방해하고 있었다.

파아아앗.

"시우."

리멘이 내 손목을 부드럽게 잡아 주었다. 그러자 그녀의 따뜻한 신성력이 내 몸에서 플루토의 신성력을 몰아내 주었다.

그제야 이 환각 같은 고통에서 벗어날 수 있었다.

그녀는 내 손목을 잡은 채로 플루토에게 말했다.

"더할 거냐, 잡신?"

나에게는 항상 관대하고 사랑이 넘쳤던 리멘이 저런 목소리를 낼 수 있을 줄은 몰랐다.

뭐라고 해야 하지, 살짝 갭이 느껴진다고 해야 하나?

리멘의 도발적인 말투에 플루토가 어깨를 으쓱이며 답했다.

"그럴 리가. 아직 내 형제들이 다 모인 건 아니라서 말이지. 오늘은 이쯤에서 물러나야겠군. 전리품으로 그 인간을 데려가려 했는데, 다음을 기약해야겠어."

"플루토, 네가 할 줄 아는 거라곤 언제나 도망뿐이었지. 옛날 기억이 새록새록 되살아나지 않아?"

"테라, 너는 다른 차원의 신을 끌어들인 대가를 치르게 될 것이다."

그의 말에 이번에는 테라가 가운뎃손가락을 올리면서 답했다.

"이거나 먹고 떨어져."

"무슨 뜻이지?"

"엿이나 처먹어라, 뭐 그런 뜻이야. 알아들었으면 꺼지려무나. 누나들 바쁘다."

플루토는 다시 한번 큰 소리를 내어 웃었다. 그러더니 뒷짐을 진 채로 천천히 뒤로 물러섰다.

스르륵.

그의 그림자에서 거대한 문 하나가 솟아올랐고, 플루토는 천천히 그 문을 향해 다가갔다.

문에서 뻗어 나온 암흑이 그의 몸을 완전히 감추기 전, 플루토는 우리를 향해서 말했다.

"재회할 순간이 그리 머지않았다. 인간이여, 오늘 못다 한 승부는 다음으로 미루도록 하지. 그때까지 부디 내 다른 형제들에게 죽지 않고 살아남길 바란다."

그 말로 끝.

플루토는 완전한 어둠 속으로 자취를 감추었다.

그를 따르던 얼굴 없는 괴물들 역시 마찬가지였다.

순식간에 적막감에 휩싸인 도시.

하늘을 양분하고 있던 균열은 소멸하였고, 주황빛의 하늘은 언제 그랬냐는 듯 회색빛으로 덧칠되었다.

해당 지역의 인과율이 정상으로 되돌아옵니다.

메시지가 눈앞에 떠올랐고, 리멘은 언제 그랬냐는 듯이 화사하게 웃으면서 나에게 말했다.

"셋이서 이야기를 좀 해야 하니 잠시 자리를 옮길까?"

그 말에 나는 주머니에서 전화기를 꺼내서 루나에게 전화를 걸었다.

—네, 성하.

"지금 여기 선양이거든? 레오와 함께 이곳에 와서 선물 좀 받아 가라."

-선물? 갑자기 웬 선물?

"와 보면 알아. 하여튼 빨리 와서 받아 가. 나 잠시 이야기 좀 하고 올 테니까."

아무래도 이야기가 좀 길게 이어질 것 같아서 말이야.

그렇게 루나에게 지시를 내린 나는 전화기를 다시 주머니에 집어넣었다.

그리고 리멘과 테라를 바라보며 고개를 끄덕였다.

"슬슬 대화를 해 볼까? 어디에서 이야기를 나눌 생각이야? 마땅한 장소가 있으려나?"

"없으면 만들면 되지. 테라, 가능하지?"

"갈 데까지 간 상황인데 뭐, 안 될 것 없지."

그때였다.

> 해당 지역에 생성되어 있던 〈성지〉가 소멸합니다.
> 이 지역에 새로운 성지가 설정됩니다.
> 〈차원계: 에덴〉의 주신 리멘이 직접 강림한 장소입니다. 따라서 해당 지역은 〈리멘〉의 성지로 설정됩니다.

갑작스러운 메시지창과 함께 어느새 우리 앞에 생성된 리멘의 신전.

나는 그 신전을 바라보며 어깨를 으쓱였다.

우리 교황님 좀
말려 주세요

"내가 여신님들이랑 같이 있다는 걸 잠깐 까먹었네."

"이것도 선물. 요새 신전을 교두보처럼 사용하고 있는 것 같아서…… 혹시 마음에 안들어?"

"그럴 리가 있겠어. 전진 배력…… 아니, 전진 신전은 언제나 옳지."

예상하지도 못했던 선물이 쏟아지는 중이었다.

∗

테라는 신전에 들어서자마자 허공에서 콜라를 소환했다. 지난번에 콜라를 맛본 이후로 콜라가 꽤 마음에 들었던 모양이다.

"음, 어디서부터 이야기를 해야 하나."

테라는 은근한 눈빛으로 나를 바라보았다. 그리고 고개를 천천히 끄덕였다.

"굳이 장황하고 어렵게 생각할 필요는 없다, 교황. 나와 리멘은 처음부터 계약을 맺었을 뿐이야. 너희 인간의 말로 표현을 하자면…… 그래, 상부상조라고 생각하면 편하지. 내가 너를 에덴으로 보내 주는 대신, 에덴은 언젠가 지구를 돕기로. 그렇게 이야기를 해 뒀던 거다."

테라 혼자서 돌아오는 고대 신들을 막아 내기란 불가능에 가까웠을 것이다.

그렇다면 테라는 내가 에덴을 구원하고 돌아올 것임을 알고 있었던 걸까?

테라는 이런 내 생각을 들여다보고 있기라도 한 듯, 피식 웃으면서 말을 이어 갔다.

"내가 지금까지 왜 수많은 인간들을 다른 세계로 보냈다고 생각해?"

"유학이라면서."

"유학 맞지. 하지만 유학을 아무나 보낸 건 아니야. 가능성을 지닌 이들만 보냈던 거지. 이를테면 분산 투자라고 보면 돼. 교황, 너는 내가 투자한 종목 중에서 가장 떡상한 종목인 셈이고."

애초에 귀환자란 존재들은 모두 테라가 고대 신들을 막기 위해 안배해 둔 존재들이었다.

일종의 보험.

그건 이미 테라가 예전에 말해 줬기 때문에 알고는 있었다.

"가능성이 있는 인간들이 한둘이었어야지. 나라고 해서 내가 다른 세계로 보낸 모든 인간들을 살펴보진 못해. 그들이 지구를 떠난 순간, 그들의 운명은 내 손을 떠난 셈이거든. 돌아오지 못한 인간들도 많아."

돌아올 방법을 찾지 못했다든가, 아니면 돌아올 생각이 없다든가.

아니면 최악의 경우에는…… 그 세계에서 죽었다든가.

사유야 많을 것이다.

테라는 다시 한번 콜라를 들이켰다. 그리고 나와 리멘을 바라보면서 히죽거렸다.

"나야 그랬는데, 아마 네 옆에 계신 분께서는 얼추 미래를 보고 계셨을 거야. 미래를 보는 능력은 나보다 월등하셔. 그렇지요, 리멘님?"

"나는 내 눈과 시우를 믿었을 뿐이야. 내 세계를 지키기 위해서는…… 방법이 없었어."

"어찌 되었든 윈윈 아닌가? 리멘 너는 네 세계를 지킬 용사를 얻었고, 나 역시 지구를 지킬 원군을 얻었으니까."

"내 허락도 없이 내 운명을 결정지었다는 이야기를 들으니까 기분이 썩 좋지는 않은데. 내가 뭐 물건이야? 마음대로 교환하게?"

"그때까지만 해도 물건이었지? 그때는 그저 가능성이 있는 인간 1일 뿐이었다."

여전히 물건 취급을 하는 테라와.

"아니야, 시우. 나한테는 처음부터 보물이었어."

어떻게든 내 눈치를 살피며 달래 주려는 리멘.

나는 그 둘의 극명한 반응을 지켜보면서 피식 웃을 수밖에 없었다.

사실, 어떻게 해서 여기까지 왔는지는 이제 중요하지 않았다.

지금 가장 중요한 건 '앞으로 어떻게 해야 할지'다.

나는 의자의 등받이에 편하게 몸을 기대었다.

"앞으로 계획이나 이야기해 보자. 원래 에덴과 지구의 연결은 거의 끊어져 가던 상황이었던 걸로 기억하는데."

리멘과의 연결조차 흐릿해져 가고 있던 상황.

이런 상황에서 에덴의 병력까지 넘어올 정도로 연결이 강해졌다는 건 리멘과 테라가 모종의 조치를 취했다는 것을 의미한다.

"그건……"

내 질문에 테라가 대답해 주려던 순간, 옆에 있던 리멘이 손을 들어 테라를 저지했다. 그리고 그녀는 곧 내 두 눈을 마주하면서 말했다.

"내가 대답해 줄게, 시우."

차원 간의 연결은 주신조차도 아무런 대가 없이는 불가능한 일이라고 했다.

그렇다면 그녀는 이 연결을 위해 어떤 걸 대가로 치르고 있는 걸까?

"신격이 다른 차원에 간섭을 하게 되면 격을 점차 잃게 돼. 그건 차원 간의 균형을 맞추기 위해 태초부터 존재하던 규칙이야."

"이번 경우에는 테라도 허락을 한 거잖아."

"형식상 그렇긴 하지만…… 결국 내가 일방적으로 지구에 영향을 끼치고 있는 거지."

격을 소모해서 차원 간의 연결을 유지한다.

그녀의 말을 간단하게 정리하면 그랬다.

즉, 지금 그녀는 주신으로서의 격을 대가로 지불하면서 지구와 연결하고 있는 거다.

만약 격을 다 잃으면 어떻게 될까?

그 질문에 대한 답은 나도 이미 앞선 경험으로 알고 있었다.

나에게 모든 격을 빼앗긴 존재들이 어떤 최후를 맞이했던가.

"리멘."

"걱정할 거 없어. 나는 에덴의 주신이야. 이 정도쯤은 충분히 버틸 수 있어."

그녀는 아무렇지 않다는 듯이 활짝 웃었다.

그런데 왜일까?

언젠가 마주했던, 본인을 '미래의 나'라고 말했던 존재가 남겼던 말이 문득 떠오른다.

ㅡ리멘을 놓지 마라. 그것만, 딱 그것만 기억하면 된다.

녀석이 어째서 그런 말을 했을까.

나는 리멘의 아름다운 두 눈을 바라보았다.

"시우, 나를 믿어."

아무렇지 않다는 듯 살며시 미소를 짓는 리멘.

여전히 그녀는 나에게 무엇인가 숨기고 있는 듯했다.

하지만 나는 그녀에게 뭘 숨기고 있냐고 더 이상 묻지는 못했다.

아마도 그건 내가 그녀의 선택이 오로지 나만을 위한 것임을 확신하기 때문이 아닐까.

그렇기에 나는 웃으면서 고개를 끄덕일 수밖에 없었다. 그리고 나지막한 목소리로 말했다.

"믿어."

다음 권으로 이어집니다

로또부터 장군까지

게르만 현대 판타지 장편소설

충성! 소위 김대한, 회귀를 명받았습니다!
눈치면 눈치 실력이면 실력
재력까지 모두 갖춘 SSS급 장교가 나타났다!

학군단 출신으로 진급을 꿈꾸는 김대한
거지 같은 상관, 병신 같은 소대원들을 끼고서
열심히 했지만 결국 다섯 번째 진급 심사마저 떨어지고
홧김에 술을 마시고서 만취 후 눈을 뜨는데……

2013년 6월 21일 금요일
오늘 수료일이지? 이따 저녁에 집에서 고기 구워 먹자
삼겹살 사 갈게~^^ -엄마

췌장암 말기로 병원에 있어야 할 어머니의 문자
아니, 12년 전으로 돌아왔다고?

부조리 참교육부터 라인 잘 타는 법까지
경력직 장교가 알려 주는 슬기로운 군 생활!

꿈의 도약, 로크에서 하십시오
(주)로크미디어에서 신인 작가를 모십니다

즐거운 세상, 로크미디어는 꿈을 사랑하고 도전을 두려워하지 않는 작가 분들의 참신한 작품을 기다리고 있습니다. 21세기 장르 문학계를 이끌어 갈 차세대 선두 주자 (주)로크미디어에서 여러분의 나래를 활짝 펴 보시길 바랍니다.

모집 분야 판타지와 무협을 포함한 장르 문학
모집 대상 아마추어 작가, 인터넷 작가
모집 기한 수시 모집

작품 접수 시 유의 사항

1. 파일명은 작가명_작품명.hwp형식을 갖춰 주십시오.
1. 파일에 들어갈 내용은 다음과 같습니다.
   - 성명(필명인 경우 실명을 밝혀 주세요), 연락처, 이메일 주소
   - 제목, 기획 의도
   - A4용지 1장 분량의 등장인물 소개
   - A4용지 2장 분량의 전체 줄거리
   - 본문
1. 작품이 인터넷에 연재되고 있다면, 게시판명과 사이트의 구체적이고 정확한 주소를 기재해 주십시오.

선택된 작품은 정식 계약 후 출판물로 간행되어 전국 서점에 유통됩니다.
작가 분은 (주)로크미디어의 전폭적인 지원하에 전속 작가로 활동하시게 됩니다.
※ 자세한 내용은 로크미디어 홈페이지(rokmedia.com)를 참조하세요.

(04167)서울시 마포구 마포대로 45 일진빌딩 6층
(주)로크미디어 편집부 신간 기획 담당자 앞
전화 : 02) 3273-5135
www.rokmedia.com   이메일 : rokmedia@empas.com